WINTER IN NEW YORK
EN ANDERE VERHALEN

Van dezelfde auteur:

Zwaar verliefd!
Zwaar beproefd!
Zwaar verguld!
Geknipt voor jou
Zoek het maar uit
21 Zomers en andere verhalen
Ik wist het

Chantal van Gastel

Winter in New York

en andere verhalen

the house of books

Omslagontwerp: Studio Marlies Visser
© Omslagbeeld: Getty Images
Foto auteur: © Wim van de Hulst
Typografie: Crius Group, Hulshout
ISBN 978 90 443 4854 5
ISBN 978 90 443 4855 2 (e-book)
NUR 340

www.chantalvangastel.nl
www.thehouseofbooks.com
www.overamstel.com

OVERAMSTEL
uitgevers

The House of Books is een imprint van Overamstel uitgevers bv

Inhoudsopgave

Voorwoord

Lieve lezer,

It's the most wonderful time of the year. Winterse gezelligheid, sfeervolle lichtjes, de magie van kerst en de kracht van vriendschap en liefde. Mooiere thema's om over te schrijven zijn er bijna niet. Met heel veel plezier heb ik een heel jaar lang het wintergevoel opgeroepen om je uiteindelijk deze verhalenbundel te kunnen presenteren.

Naast mijn trilogie *Zwaar verliefd!*, *Zwaar beproefd!*, *Zwaar verguld!* en mijn losstaande romans *Geknipt voor jou*, *Zoek het maar uit* en *Ik wist het*, breng ik ook regelmatig korte verhalen uit. Deze verschijnen online als e-book of in opdracht van tijdschriften. Lezers stellen me vaak de vraag waar ze die verhalen kunnen terugvinden als ze die gemist hebben. Daaruit ontstond het idee om mijn zomerverhalen samen te brengen in de bundel *21 Zomers en andere verhalen*. Na veel enthousiaste lezersreacties was het voor mij een logisch vervolg om eens na te denken over een wintervariant. Want hoe heerlijk is het om een pot thee te zetten, naar vanille of kaneel geurende kaarsen aan te steken en dan opgekruld onder een dekentje in een fijn boek te duiken?

In *Winter in New York en andere verhalen* tref je mijn verzameling korte winterse verhalen aan. Sommige hiervan zijn al eerder gepubliceerd en andere schreef ik speciaal voor deze bundel. Voor winterliefhebbers een feest van herkenning en als je meer van de zomer houdt, dan kom je met deze verhalen de tijd prima door tot de lente weer voor de deur staat!

Het eerste dat vaststond voor deze verhalenbundel was dat ik een zelfstandig te lezen vervolg wilde schrijven op *Zomer in New York*. Dit verhaal is opgenomen in *21 Zomers en andere verhalen* en het is natuurlijk het leukst om dat eerst te lezen, maar het hoeft niet om van het vervolg te kunnen genieten.

Zomer in New York gaat over Lucy die verliefd wordt op én in New York. In *Winter in New York* is het Lois, Lucy's beste vriendin, die haar geluk gaat beproeven in The Big Apple. Ze probeert haar relatieproblemen te ontvluchten en waar kun je dat beter doen dan in de stad die volgens je beste vriendin de meest geweldige ter wereld is? Maar Lois is niet zo snel ergens van onder de indruk. En de sneeuwstorm die over de stad raast, maakt haar verblijf in de stad er niet leuker op. Plots is ze wel erg op zichzelf aangewezen. En jezelf ontlopen, dát is een beetje lastig.

New York werkt voor mij altijd inspirerend: herfst, winter, lente of zomer. Maar rond de feestdagen pakt de stad wel héél erg uit. In oktober worden de etalages al omgetoverd tot ware winterse kunstwerken en de schaatsbaan op Rockefeller Center roept het ultieme kerstgevoel op. Het idee om een winterverhaal over NYC te schrijven, sprak dan ook meteen tot mijn verbeelding. Ik hoop dat jullie je – net als ik tijdens het schrijven – een klein beetje in die geweldige stad zullen wanen en dat het me gelukt is om New York op die manier deze winter naar jullie toe te brengen!

Gelukkig nieuwjaar? stamt uit de tijd dat ik korte verhalen schreef voor het tijdschrift *Yes*. Dat was mijn eerste kennismaking met schrijven voor een publiek. Wat was ik trots als ik bij een publicatie in de kantlijn met piepkleine letters mijn naam in de credits zag staan.

Daarnaast was het ook een heel goede schrijfoefening. Als je in opdracht schrijft, moet je werken onder strikte regels en ruimte om uit te wijden is er niet. Wat ik al snel leerde was om uit te gaan van één situatie en die mooi uit te werken. Voor de feestdagen schreef ik destijds *Gelukkig nieuwjaar?* en het idee hiervoor ontstond uit één simpel, filmisch beeld dat ik voor me zag. Een meisje dat in een rode baljurk met betraande ogen over straat rent. Wat was er gebeurd? Ik besloot te beginnen vanuit het oogpunt van de jongen die haar observeert en het door hem te laten ontdekken.

Inmiddels is er ruim tien jaar verstreken sinds Dennis en Stefanie de jaarwisseling samen op het parkbankje doorbrachten. Ik ben eigenlijk best wel benieuwd hoe het nu met ze gaat.

Dat ik het leuk vond om mijn korte verhalen gepubliceerd te zien, betekent niet dat het altijd van een leien dakje ging om het zover te krijgen. Met het verhaal *De openbaring* was dit zelfs een hele toer!

Daan en Nina maken deel uit van een hechte vriendengroep. Ze ondernemen alles samen, maar een geplande bioscoopavond loopt door allerlei toevalligheden in de soep. Al hun vrienden moeten afzeggen en zo neemt de avond een wending die Nina niet had zien aankomen.

Ik heb dit verhaal talloze keren herschreven om het passend te krijgen in het *Yes*-format. Toen al hield ik van een perspectiefwisseling in mijn verhalen, maar vaak vond de *Yes*-redactie dit te verwarrend voor de lezer. Ik moest het verhaal herschrijven in de derde persoon, vanuit Nina's perspectief. Ook werd me gevraagd de namen te veranderen, want de naam die ik eerder voor mijn vrouwelijk personage gekozen had (Renée) vond *Yes* jongensachtig en daardoor ook verwarrend.

Daarnaast kreeg ik regelmatig commentaar op mijn formele taalgebruik. Zo vonden ze deze titel totaal ongeschikt. Geen enkele *Yes*-lezeres zou het woord 'openbaring' gebruiken, dus ze vroegen mij iets anders te bedenken. Mijn tweede voorstel: *Een goede ingeving* werd ook afgewezen, nog steeds te formeel, en uiteindelijk bedacht ik toen de meest nietszeggende clichétitel uit de historie van mijn werk… (*drumroll please*)… *Speciale vriendschap*.

Na al deze veranderingen werd het verhaal eindelijk gedrukt. Het duurde ruim een jaar. Zo lang doe ik nu over een complete roman. Maar na al dat werk wilde ik resultaat zien ook. Soms vergt schrijven – en je verhaal gepubliceerd krijgen – heel veel doorzettingsvermogen.

Toevallig was dit ook het laatste werk dat ik voor *Yes* schreef. Ik merkte dat ik meer wilde doen met mijn verhalen dan het format van het tijdschrift toeliet, dus niet lang hierna begon ik te schrijven aan mijn eerste roman, *Zwaar verliefd!* En omdat ik lekker eigenwijs ben, en dit soort dingen nu zelf mag bepalen, treffen jullie mijn laatste *Yes*-verhaal hier onder de oorspronkelijke titel aan!

Opdrachten voor tijdschriften zijn ontzettend leuk om te doen, maar je kunt ook te maken krijgen met een bepaalde wispelturigheid van de redactie. Zo was ik gevraagd om ter promotie van mijn roman *Ik wist het* voor een blad een kort verhaal in kerstsfeer te schrijven, dat zij in combinatie met een interview zouden publiceren. Geweldige promotie. Het is heel leuk om overal advertenties van je eigen boek tegen te komen, maar het liefst geef ik de lezer iets meer dan alleen de boodschap 'koop mijn boek!' Door een kort verhaal bied ik iets extra's en hopelijk krijg je daarna vanzelf zin om meer van mij te lezen. Ik ben dan ook altijd enthousiast over dit soort samenwerkingen.

Ik bedacht het verhaal *Stop!*, dat zich afspeelt vóór het begin van *Ik wist het*. Het gaat over Mia, die aan het begin staat van een succesvolle carrière in de marketing. Ze zet zich volledig in om een belangrijke opdracht binnen te slepen en is zelfs op kerstavond nog hard aan het werk. Dan gebeurt er iets onverwachts…

Ik was al aan het verhaal begonnen toen ik te horen kreeg dat de planning veranderd was. In plaats van een kerstthema moest mijn verhaal nu een valentijnsthema krijgen en dat gooide mijn hele opzet overhoop. Met andere woorden: ik kon opnieuw beginnen. Omdat ik het oorspronkelijke idee te leuk vond om op te geven, heb ik dit verhaal toch afgemaakt en tijdens de feestdagen als gratis e-book voor mijn lezers online gezet. En nu lezen jullie het hier, omdat het verhaal echt de magie van kerst uitdraagt. *I wish you a Mia Christmas!*

In *Love Shack* wordt Tess gestrikt als kandidate voor een populaire tv-show die verre liefdes tijdens kerst herenigt. Omdat ze de feestdagen niet kan doorbrengen met haar Canadese vriend Ryan, heeft haar vriendin Brenda haar voor het programma opgegeven. De producers zien een ware kijkcijferhit in het liefdesverhaal van Tess en Ryan en al snel is Tess onderdeel van een enorme poppenkast. Maar of ze daar nu op zit te wachten?

Dit verhaal is helemaal nieuw en heb ik speciaal voor deze bundel geschreven. Hoewel het een echt winterverhaal is, heeft het hier en daar toch een zomers tintje. Ik vond het heel erg leuk om aan dit verhaal te werken en ik hoop dat jullie het met veel plezier zullen lezen.

Over *Love Shack* heb ik nog iets bijzonders te melden, maar omdat dit een spoiler bevat, treffen jullie mijn verdere toelichting op dit verhaal aan het einde aan als speciale noot.

Deze winterbundel is niet compleet zonder mijn verhaal *Een kerstbelofte*. Het is eerder gepubliceerd in het tijdschrift *VROUW* van *De Telegraaf*. Met dit verhaal wilde ik een mooi klassiek kerstverhaal schrijven over hoe sterk de christmas spirit kan zijn en hoe de kracht van liefde écht alles kan overwinnen.

Janna is altijd dol geweest op de kerstperiode, maar dit jaar ziet ze er alleen maar tegen op, omdat het gemis van haar grote liefde Aaron te groot is om ook maar ergens van te kunnen genieten. Ze heeft alle hoop verloren en brengt eenzaam een bezoek aan de schaatsbaan waar ze Aaron jaren geleden ontmoette. En dan gebeurt er iets heel bijzonders…

Lieve lezer, ik hoop dat je van mijn winterverhalen geniet. Ik wens je mooie feestdagen, een heel gelukkig nieuwjaar én een hartverwarmende winter!

Liefs,

Chantal van Gastel

Winter in New York

1

Het is alweer donker aan het worden. Ik heb vandaag amper daglicht gezien. Het was nog nacht toen ik van huis ging en nu begint het al te schemeren terwijl het nog geen vier uur is. De lucht is helemaal betrokken en wollig van de op elkaar gepakte wolken, die ieder moment open lijken te kunnen breken. Het is drie weken voor kerst en de feestverlichting fonkelt er lustig op los. Zelfs in de taxi is het steenkoud en ik trek met tegenzin mijn gevoerde leren handschoen uit om het touchscreen van mijn telefoon te kunnen bedienen. Ik kies Lucy's nummer. Volgens haar laatste bericht op Facebook zou ze nu ongeveer klaar moeten zijn met haar les in een of ander beroemd museum.

Na wat gekraak gaat de telefoon over en neemt ze op.

'Hé chick,' roep ik op mijn vrolijkst. 'Hoe gaat het daar? Drukke dag gehad?'

'Ik neem nét afscheid van mijn studenten,' antwoordt ze. 'Het was te koud om buiten te werken, dus ik heb ze meegenomen naar het Met. Ik stap letterlijk net naar buiten.'

'Het Met?' herhaal ik. 'Is dat het gebouw met die trappen of dat lelijke witte gebouw met dat slakkenhuis erop?'

'O nee...' zucht Lucy.

Ik wacht op de rest van haar verontwaardigde reactie en tik ondertussen de chauffeur op de schouder. Met mijn hand over het telefoontoestel vraag ik hem hoelang de rit nog duurt. Het enige antwoord dat ik krijg, is een vaag gebaar naar het stilstaande verkeer voor ons. Na een diepe zucht praat Lucy verder. 'Je hebt toch niet zojuist het Guggenheim lelijk genoemd, hè?'

Ik gniffel in mezelf omdat ik haar altijd zo makkelijk op de kast krijg door me als een kunstnoob te gedragen. Toevallig weet ik er ook echt bar weinig van, en het interesseert me nog minder, dus het kost me niet veel moeite om het nog wat aan te dikken. 'Sorry schat, ieder zijn ding,' zeg ik. 'Maar ik zou die studentjes meegenomen hebben naar Fifth Avenue. Mode is toch ook kunst?'

'Absoluut.'

'En verder? Nog plannen?'

'Ik wilde net Kasper bellen. Ik was van plan om hamburgers bij Shake Shack te halen en die voor de tv op te eten. Ik heb geen zin meer om uit te gaan en vanavond laat in de kou op de metro te wachten. Het is echt niet normaal hier.'

Ik buig me weer naar de chauffeur en vraag of hij niet om de opstopping heen kan. Aan de veranderende achtergrondgeluiden te horen, is Lucy zich waarschijnlijk aan het verplaatsen en ik sta hier vast in een stomme eenrichtingsstraat.

'Overal staan verslaggevers te vertellen dat het echt heel erg koud is,' gaat ze verder. 'Alsof we dat nog niet weten! Hoe is het weer bij jullie?'

'O, ook heel koud,' zeg ik. 'Vanochtend sneeuwde het.'

'Hm, dat zit er hier ook aan te komen, denk ik.'

'Ja, vast. Het was een heel gedoe. Files op de weg, vliegtuigen die vertraging hadden, je kent het wel. Echt heel vervelend.' Ik probeer dat laatste met niet te veel overtuiging te brengen.

'Maar Eloise, niet dat ik het niet gezellig vind om met je over het weer te kletsen...' zegt Lucy dan, 'maar dit is al ons derde telefoongesprek deze week, dus... is er iets speciaals of heb je gewoon heel veel belminuten in je abonnement die je op moet maken?'

'Nou, er is wel iets speciaals. Toevallig.'

'Wat dan?' vraagt ze en de nieuwsgierigheid spat van haar stem. 'Iets leuks?'

'Eigenlijk moet je even blijven waar je bent, dan kom je er vanzelf achter.'

Hortend komt het verkeer weer op gang en we rijden het park

in. Ik wist niet eens dat dat mocht. Hoewel, mag dat eigenlijk wel? Of tref uitgerekend ík een creep die me naar een afgelegen stuk park brengt om me te verkopen aan vrouwenhandelaars? Was het achteraf bezien niet érg gemakkelijk om een taxi te krijgen? Wellicht had die engerd me al de hele tijd in het oog. Hij denkt vast dat hij de jackpot gescoord heeft. Hoeveel zou ik wel niet opbrengen? Vast een onvoorstelbaar bedrag. Hoe zat dat nou ook alweer met die taxichauffeurs? Was er niet iets met een badgenummer? Daar had ik naar moeten kijken voor ik instapte.

'Waarom moet ik in het museum blijven?' vraagt Lucy verbaasd.

'Niet per se in het museum. Ervoor mag ook. Op die trapjes zitten toch altijd hordes kunstzinnige lui met een koffie-to-go over de zin van het leven te mijmeren? Dat vind ik nou echt iets voor jou.'

'Misschien, maar die trapjes zijn me vandaag iets te koud. Ik ben op weg naar de metro. Is dat ook oké?'

'Nee, wacht nou heel even.'

'Weet je wat? Ik bel je zodra ik thuis ben, oké? Dan kunnen we in alle rust praten. Het is superlawaaierig hier en ik sta echt te bevriezen. Ik bel je binnen twintig minuten terug. Of eerder een halfuur, dit weer ontregelt alles. Gisteren was de metro zo vol dat ik maar ben gaan lopen.'

'Ik begrijp sowieso niet dat jullie het daar redden zonder auto. Ik zou helemaal gek worden.'

'Eloise,' zegt ze alsof ik er echt niets van begrijp. 'In New York City word je juist mét auto helemaal gek.'

'Neem dan een taxi.'

'Nu? Onmogelijk.'

'Hoezo onmogelijk?' vraag ik met een behoedzame blik op mijn chauffeur, die toevallig net langs een politiebureau rijdt. Zou een vrouwenhandelaar dat doen? En hoezo zit er midden in het park een politiebureau? Wat is dit eigenlijk voor gribus?

'Weet je nog dat we vroeger *Sex and the City* keken en dat Carrie altijd zó in een taxi kon stappen? Zelfs op de gekste momenten. Als ze om vier uur 's ochtends ergens downtown ruzie kreeg met

Mr. Big, kwam er toevallig net een voorbij. Niet bezet, niet buiten dienst, ze hoefde haar hand maar op te steken en het was geregeld. Ik had het er laatst over toen ik met een New Yorkse in gevecht raakte om een taxi bij het Museum of Arts and Design. Uiteindelijk hebben we hem gedeeld. Ze bleek actrice te zijn. Ze schijnt zelfs ooit een gastrolletje in de serie gehad te hebben, al betwijfel ik dat omdat ze weigerde concreet te worden over de aflevering waar ze in zat. *Anyway*, wat ik wilde zeggen is dat zij er ook heel gedesillusioneerd over was. "Carrie led a charmed existence," zei ze. Misschien had ze er een speciale talisman voor. Of ze had een akkoordje met de New Yorkse taxigoden. Want in het echt is het dus bepaald geen makkie. Zeker niet als je er écht eentje nodig hebt. Juist dan is er nergens ook maar één te bekennen. New York is een rare stad wat dat betreft. We hebben meer dan 12.000 gele taxi's op dit eiland, maar je moet halsbrekende toeren uithalen om er een te bemachtigen. Maar als je hier één persoon probeert te ontlopen, kom je die op elke straathoek tegen. Kate bijvoorbeeld, je weet wel, Kaspers ex, die loop ik werkelijk overal tegen het lijf. Laatst weer bij Dean & DeLuca. Ik stond net een pak *hazelnut coffee* af te rekenen en ze weet natuurlijk dat ik die voor Kasper haal. Het is zijn lievelingssmaak. Ze keek me aan alsof ze me het liefst verpletterd zou zien worden onder een vat koffiebonen.'

Oké, ik moet toegeven dat ik maar naar de helft van Lucy's verhaal geluisterd heb. Die serie heeft me nooit zo geboeid, maar ergens tussen die actrice met de gastrol en de koffie van Dean & DeLuca rijdt mijn taxi het park weer uit. Het voelt alsof ik eindelijk weer adem kan halen als we Fifth Avenue op draaien.

'Kunt u even stoppen?' vraag ik terwijl ik zoekend naar de mensen op straat kijk. Iedereen is weggedoken in parka's en dikke sjaals en mutsen. Hoe moet ik Lucy hier nu vinden? Die stomme vertraging ook. Daardoor loopt heel mijn planning mis. Ik had haar hier in alle rust op willen wachten en nu is ze allang weg. 'Lucy! Waar bén je in godsnaam?' roep ik gefrustreerd in mijn telefoon. 'Je bent niet bij de trap gebleven zeker?'

'Dat zei ik toch? Ik ben onderweg naar de metro.'

'Blijf onmiddellijk staan! Ik verbied je nog een stap te zetten!'

'Wat? Waarom?' stamelt ze verbaasd.

Maar een halve straat verderop zie ik een vrouwenfiguur in een zwarte lange jas en met een roze muts met een joekel van een pompon op haar hoofd halthouden. Ik ken niemand die zo'n stomme muts zou dragen, behalve zij.

'Je doet echt raar!'

'Ik verbied je verder te lopen dan die gigantische kerstster aan de lantaarnpaal recht boven je!' zeg ik gebiedend terwijl ik het portier van de taxi opengooi.

'Hoe weet je...' Ze kijkt bevreemd om zich heen en haar blik blijft steken bij de verlichte kerstster boven haar hoofd.

'Ik ben hier, slimmerik!'

'Hoezo hier? Waar? Hoe kun je nou hier zijn?'

Ze kijkt nu in totale verwarring om zich heen en ik wurm me langs een groepje Japanse toeristen en schreeuw haar naam over straat. Eindelijk ziet ze me en ze rent gillend naar me toe. Springend en knuffelend botsen we tegen allerlei mensen op.

'Hoe kan dat nou?' vraagt Lucy weer. 'Waarom zei je dat niet eerder? Waar kom je nou vandaan?'

'Ik wilde je verrassen. En kijk eens wat ik geregeld heb.' Ik wijs naar de taxi die iets verderop staat, nog met het portier open. 'Kom snel, voor iemand hem probeert in te pikken!'

'Waar is Paul?' vraagt Lucy zodra we in de taxi zitten.

'Ik ben alleen,' antwoord ik en bij het zien van haar vragende blik praat ik vlug verder. 'Ja, ik had zin om jou te zien en flink wat te shoppen. Ik kon gewoon niet meer wachten, dus ik heb spontaan een ticket geboekt. Je weet dat Paul alles tot in de puntjes geregeld wil hebben en het is altijd een heel gedoe als hij vrij moet nemen van zijn werk. Ik wilde gewoon gáán. En hier ben ik dus.'

Ze kijkt me verwonderd aan. 'Ja, daar ben je. Jeetje...'

'Lucy en Lois, het dynamische duo herenigd!' zeg ik blij, al kan ik me haast niet meer heugen wanneer Luus me voor het laatst zo genoemd heeft. Het is een dingetje uit onze studententijd, waar ik opeens weer aan moet denken. De naam Eloise is trouwens niet eens uit te spreken in het Engels, dus alleen al daarom lijkt dit me hét moment om de traditie nieuw leven in te blazen.

Maar Lucy is te verbouwereerd om het op te pikken.

'Je vindt het toch wel een léúke verrassing?'

'Ja!' Ze steekt haar arm door de mijne en trekt me tegen zich aan. 'Natuurlijk, gekkie! Ik kan niet wachten om je de stad te laten zien. Maar als ik het geweten had, had ik vrij kunnen nemen en zo.'

'Dat hoeft helemaal niet!'

'Maar dit is je eerste keer in New York! Er is zoveel te zien, zoveel te doen! Ik weet niet eens waar we moeten beginnen. En we hebben elkaar zó lang niet gezien, ik weet nu al dat we tijd tekort zullen komen. Hoelang blijf je?'

'O, een weekje of zo.'

'Of zo?'

'Ja, misschien wat langer. Als ik het leuk vind hier. Ik heb nogal wat vrije dagen opgespaard en het is bijna kerstvakantie, dus ik ben vrij tot de eerste week van januari.'

'Oké...' zegt Lucy met een twijfelachtig lachje. Nog even en haar gezicht blijft voorgoed in de verbaasde stand. 'Maar het is bijna kerst, dus de stad is ramvol. Je kunt niet zomaar je verblijf in je hotel verlengen als je daar zin in hebt.'

'Nee, weet ik wel, maak je nu maar geen zorgen. Jij gaat gewoon naar je werk en ik bezoek alle warenhuizen. Je zult amper merken dat ik er ben.'

'O.' Lucy's mond valt nu bijna open. 'Je bedoelt... je was van plan om bij ons te logeren?'

'Nee! Nou ja, misschien, als het kan. Een paar dagen maar. Tot ik iets anders heb. Alle fatsoenlijk uitziende hotels zaten vol, dus ik heb een of ander rattenhol geboekt om geen gezeur bij de douane te krijgen. Maar daar wil je nog niet dood gevonden worden, dus ik dacht, als ik nu eerst een nachtje – of twee – bij jou en Kas mag logeren...'

Lucy kijkt me wezenloos knikkend aan.

'Het is dan net als vroeger, toen we allemaal samen in het studentenhuis woonden! Het wordt hilarisch!'

'Legendarisch, bedoel je?'

'Dat ook!' Ik doe zo enthousiast als ik maar kan, maar het wil maar niet op Lucy overspringen. 'Jij hebt toch ook bij Kas geslapen toen je hierheen kwam? En dat was de hele zomer. Ik blijf echt niet lang.'

'Ja, maar... Hij wist tenminste een paar weken van tevoren dat ik zou komen. En dat extra kamertje waar ik sliep heeft echt maar het formaat van een bezemkast en daar heb ik nu al mijn tekenspullen staan.'

'Nou...' Ik denk vlug na. Ik ga niet bedelen om een slaapplaats. Ze zouden blij moeten zijn om me te zien. Lucy zou het me zelf moeten aanbieden. 'Het geeft ook niet. Ik kan niet verwachten dat jullie zomaar plek voor me hebben. Ik ga zo even bellen en dan vind ik wel wat anders. Ze zeggen toch altijd dat die dingen veel beter gaan als je ter plaatse bent? Die hotels zitten natuurlijk vaak genoeg met afzeggingen op het laatste moment. Ik vind er wel wat op.'

'Denk je?'

'Tss...' Ik trek mijn arm terug en geef haar een speels duwtje. 'Je kent me toch?'

'Want we hebben niet eens een extra bed. Je zou op de bank moeten. In geval van nood zou het een optie zijn, maar eerlijk gezegd betwijfel ik of je het volhoudt. Het wordt erg krap.'

'En jij denkt dat ik daar niet tegen kan?'

'Ik denk dat jij geen idee hebt wat "krap" in New York betekent.'

2

O god, Lucy had gelijk: ‘krap’ in New York is niet te doen. Als ik de flat binnenkom, duw ik mijn Balenciaga-koffer meteen tegen een kruk aan die bij een piepklein ontbijtbarretje hoort. De bank zou driezits moeten zijn, maar kan hooguit voor tweeënhalf doorgaan en staat praktisch klem tussen de muur en de barkrukken. De doorgang tussen het kook- en zitgedeelte is net ruim genoeg om erlangs te kunnen, maar niet als je ook nog een rolkoffer bij je hebt.

‘Het is leuk!’ zeg ik tegen Lucy, die geen ruimte heeft om de deur dicht te doen omdat ik in de weg sta met mijn koffer. Ik geef het ding een duwtje en bots tegen de bank. Misschien kan ik die krukken even weghalen en dan mijn bagage achter de bank neerzetten. Al zou iemand erover kunnen struikelen als hij een van die deuren daarachter wil openen. ‘Echt een super appartement!’

‘Ja, we zijn er heel blij mee,’ zegt Lucy en ze neemt de handgreep van me over. ‘Het is alleen gigantisch duur. De huurprijzen in Manhattan zijn bizar. We denken er wel eens over om te verhuizen naar een buitenwijk, maar deze locatie is zo fantastisch. En Kasper heeft een goede deal met zijn werkgever kunnen maken toen hij hier kwam wonen.’ Ze tilt de koffer op en zet hem in een hoek, tussen de koffietafel en het tv-meubel.

‘Echt heel leuk,’ mompel ik nog eens.

‘Daar is de badkamer,’ zegt Lucy, wijzend naar een deur. ‘En links is mijn werkkamertje en rechts de slaapkamer.’

‘Top.’

‘Ga zitten. Of wil je je eerst opfrissen? Zal ik even theezetten, om op te warmen?’

'Ja, lekker.' Ik trek mijn jas uit en kijk om me heen op zoek naar een kapstok.

'Leg maar over die kruk daar,' zegt Lucy terwijl ze haar jas aan een haakje naast de voordeur hangt. Ze propt haar muts en handschoenen in een mouw. 'Je bent vast hartstikke moe. Of heb je kunnen slapen in het vliegtuig?'

'Niet echt.' Ik ga voorzichtig op een kruk zitten en probeer mijn jas er niet weer vanaf te gooien.

Lucy vult een waterkoker en zet het apparaat aan. 'Heb ik je ooit dat verhaal verteld van toen ik hier net aankwam?'

Ik knik. 'Dat je moest overgeven in de taxi?'

'Ja! Vreselijk was het. Ik werd zó misselijk van die vieze kaasbroodjes die ze serveerden in het vliegtuig. Kreeg jij die ook?'

'Nee, gelukkig niet.'

'Vandaar. Jij ziet er ook stukken beter uit.' Ze glimlacht en wacht tegenover me aan het smalle aanrecht tot het water kookt. 'We hebben ongeveer een uurtje tot Kasper naar huis komt. Hij stuurt een berichtje als hij in de metro zit, dan kan ik de hamburgers gaan halen.'

'Waarom neemt hij ze niet mee?' Ik ga echt nooit zelf naar een snackbar. Ten eerste omdat ik het eten te vies voor woorden vind, maar áls we gaan, stuur ik Paul altijd naar binnen.

Lucy kijkt me aan alsof ze die mogelijkheid nog nooit overwogen heeft. 'Ik kan het hem wel vragen, als je geen zin hebt om weer naar buiten te gaan. Maar je mag ook gerust hier blijven. De wachtrijen kunnen nogal lang zijn, dus ik kan me voorstellen dat je daar nu geen zin in hebt.'

'Een wachtrij? Voor een hamburger?' vraag ik.

Ze knikt. 'Soms duurt het een uurtje voor je aan de beurt bent. Nu niet, hoor. Ik ga expres vroeg. New Yorkers eten een stuk later dan wij gewend zijn. En met deze kou zal het sowieso wel meevallen.'

Ik staar haar verbouwereerd aan. Ik kan het gewoon niet begrijpen. Een uur wachten op junkfood?

'Shake Shack is een begrip hier,' gaat Lucy verder. 'Maar als je iets anders wilt, dan bestel ik wel wat voor je. Er zit hier een leuk sushitentje dat ook bezorgt. Heb je daar trek in?'

'Nee, joh. Ik probeer die burgers wel.'

'Weet je het zeker? Ik bedoel, Kasper en ik zijn er dan wel dol op, maar misschien is het inderdaad niet echt iets voor jou.'

'Luus, het is helemaal oké. Doen jullie gewoon wat jullie al van plan waren en ik laat me wel verrassen. Ik ben reuze benieuwd naar die fantastische hamburgers.' Ik laat me van de kruk glijden. 'Is het goed als ik toch even van je badkamer gebruikmaak?'

'Ja, natuurlijk. Ga je gang.' Ze lijkt wel opgelucht als ik wegloop en in het piepkleine badkamertje verdwijn.

Tijdens het plassen en handen wassen hoor ik Lucy's stem door de dunne wanden heen. Zo te horen heeft ze Kasper aan de telefoon en is hij erg verbaasd dat ik in de stad ben. Ik hoor haar het nieuws namelijk wel drie keer herhalen.

Het was misschien ook niet helemaal slim van me om het op deze manier aan te pakken. Toen ik Lucy zag, leek het eventjes alsof de tijd stilgestaan had, maar opeens is het heel erg duidelijk voelbaar dat we elkaar al ruim een jaar niet gezien hebben, op af en toe een keertje skypen na. Ik ging ervan uit dat het meteen weer zou zijn als tijdens onze studententijd. Kas, Luus en ik samen.

Het was misschien wel de gezelligste tijd van mijn leven. Samen lol maken, samen koken en eten (met macaroni en gehakt als de voornaamste ingrediënten), samen een verbond vormen tegen onze gestoorde huisgenoten. Mijn god, wat werd ik gek van die gast die steeds op zijn mondharmonica speelde. En wat was ik blij dat hij niet genoeg studiepunten haalde en terugverhuisde naar waar hij ook vandaan kwam. Volgens mij hebben we dat weekend een knalfeest gegeven om dat te vieren. Maar eigenlijk was mijn studententijd één groot feest. En ik deelde het allemaal met Lucy. We waren onafscheidelijk.

Lucy is mijn allerbeste vriendin op deze hele wereld. Ze was ceremoniemeester op mijn bruiloft. De mooiste dag van mijn leven en ik koos haar voor de belangrijkste rol. Zoveel vertrouwen heb ik in niemand anders. Lucy heeft mijn hele leven naast me gestaan bij alles wat ik doe. Het lukte ons zelfs om op dezelfde plek werk te vinden. Lucy werd aangenomen als tekenlerares bij de grootste scholengemeenschap in de regio en ik kon daar anderhalf jaar later aan de slag als personeelsfunctionaris. We werkten niet direct samen, maar ik mis het nog steeds om stiekem even met haar bij te kletsen onder werktijd.

Ik begrijp ook nog steeds niet hoe ze zomaar op kon stappen om naar New York te verhuizen. Ik weet natuurlijk waarom ze het deed. Kas is hier in zijn laatste studiejaar voor een stage naartoe verhuisd, kreeg aansluitend een vaste baan aangeboden bij het architectenbureau waar hij stage liep en is nooit meer teruggekeerd. Ik wist wel dat Lucy dat destijds niet zo leuk vond. En terwijl mijn contact met Kas na het eerste jaar begon te verwateren, bleef zij hem met regelmaat bellen en mailen. Maar ook weer niet zo frequent dat ik ooit kon vermoeden dat dit zou gebeuren.

Het moet allemaal rond mijn bruiloft veranderd zijn. Misschien zag ze daardoor haar ware gevoelens onder ogen, want vlak erna vertrok ze opeens voor een hele zomer naar New York om bij Kasper te zijn – die destijds overigens een relatie had met Kate, de vrouw die Luus dus om karmatechnische redenen blijkbaar steeds bij de koffiebar tegenkomt. Voor de zomer voorbij was, had Kasper Kate namelijk gedumpt en Lucy kwam alleen nog even terug naar Nederland om haar vertrek naar New York te regelen. Ze gaf haar baan op en ook haar hele sociale leven thuis, maar ze leek er nauwelijks mee te zitten. Ze was een en al blijheid en ongeduld om aan haar nieuwe leven te beginnen. En hoe ik ook op haar inpraatte, het hielp allemaal niks. Natuurlijk dacht ik wel dat het allemaal van korte duur zou zijn, maar Lucy is helemaal in haar element in deze nieuwe situatie. Soms weet ik niet of ze verliefder is op Kasper, of op New York City.

Sowieso snap ik dat lyrische gedoe over deze stad niet zo. Ik ben hier aangekomen in een benauwd, stinkend vliegtuig en daarna belandde ik op een vies, benauwd vliegveld om met een vieze, benauwde taxi naar Manhattan gebracht te worden. Daar zag ik vooral veel grijze gebouwen en winkelblokken vol pandjeszaken, toeristenshops met goedkope troep en louche uitziende winkels waar je goud kunt kopen. Of verkopen. Of beide. Pas nadat ik Lucy oppikte bij het Metropolitan Museum of Arts zag ik iets wat leek op het New York van tv. En dat was eigenlijk alleen omdat we langs de luxe warenhuizen op Fifth Avenue kwamen. En die heb je ook in Parijs of Londen, en dat is veel dichter bij huis!

Maar goed, als Lucy en Kasper hier zo gelukkig zijn, dan zal er vast wel iets aan deze stad te waarderen zijn. En sowieso is het fijn om weer eens met z'n drieën bij elkaar te zijn. Precies zoals vroeger! Alleen lijkt Lucy nu vooral heel erg nerveus van me te worden. En daarnaast zou deze flat bijna helemaal in de kamer passen die ik in het studentenhuis voor mezelf had. Maar ach, het wordt leuk. We zijn vast binnen een paar tellen weer helemaal aan elkaar gewend.

Als ik de badkamer weer uit kom, staan er twee dampende mokken thee op het ontbijtbarretje en heeft Lucy een doosje biscuits geopend.

'Vind je het goed als ik me eerst nog even omkleed en een paar spulletjes mee naar de badkamer neem?' vraag ik terwijl ik de koffer probeer open te ritsen. Daarvoor moet ik hem plat neerleggen en dat lukt maar net. Of eigenlijk net niet, maar met een beetje moeite weet ik mijn toilettas uit de halfslachtige opening te krijgen.

'Ja hoor. En er liggen schone handdoeken op het rekje onder de wasbak. Pak maar wat je nodig hebt.'

Ik neem naast mijn toiletspullen wat kleding mee en mijn make-up, een paar sloffen en mijn telefoon. In de badkamer bekijk ik de nieuwe meldingen die ik heb, maar er zit nog steeds niets van Paul bij. De batterij is inmiddels bijna leeg en ik hoef verder toch niemand te spreken, dus ik zet het toestel uit. Terwijl ik me uitkleed, besluit ik dat ik toch wel toe ben aan een warme douche, dus ik moet uiteindelijk ook mijn make-up opnieuw doen en mijn haar drogen. De föhn van Lucy maakt mijn haar helemaal pluizig, dus haal ik mijn stijltang uit mijn koffer om het een beetje in model te krijgen. Als ik weer toonbaar ben, is mijn thee genoeg afgekoeld om in één teug op te drinken en dan komt er een bericht van Kasper binnen. Ik ben lekker warm en soezerig van de douche en het laatste wat ik wil, is naar buiten gaan om in de rij te gaan staan bij een fastfoodketen.

Lucy haalt haar jas van het haakje met een gezicht alsof ze niets leukers kan bedenken om te doen dan in de rij staan bij een fastfoodketen. Met verholen tegenzin pak ik mijn eigen jas van de kruk.

'Weet je zeker dat je niet lekker op de bank wilt ploffen?' vraagt Lucy.

Misschien is mijn tegenzin toch niet zo heel erg verholen.

'Nee, ik ga met je mee.' Ik probeer niet al te verlangend te kijken naar het fleecedekentje dat over de rugleuning van de bank gedrapeerd is. 'Gezellig.'

'Goede keus, het is maar een paar blokken, maar je zult je ogen uitkijken. Er gaat niets boven lopen door de stad. Ik kan er nog steeds geen genoeg van krijgen.'

Dat is wel duidelijk, denk ik terwijl we de flat uit lopen.

'Wil je geen foto maken?' vraagt Lucy zo'n beetje om de anderhalve stap. Er hoeft ergens maar een donut in de etalage te liggen, en haar enthousiasme is gewekt. Volgens mij is ze er een beetje in doorgeslagen, want ik kan me niet indenken dat ik ooit iemand met zoveel omhaal langs de buurtsuper bij mij thuis zou leiden. Maar Lucy trakteert me op een heel verhaal over de eerste keer dat ze boodschappen ging doen bij Trader Joe's en dat dat zo ontzettend Amerikaans voelde. Ze vraagt me nog net niet dáár een foto van te maken, maar even later komen we langs een raar puntig gebouw. Het lijkt wel een gigantische taartpunt en Lucy is er helemaal weg van.

Maar dat is nog helemaal niks vergeleken bij wat er gebeurt als we bij de ingang van een parkje plotsklaps stil moeten blijven staan en ze me verwachtingsvol aankijkt.

Ik probeer te doen alsof ik snap wat ze bedoelt. 'Wauw, Luus. Wat een mooi park.' We staan bij een hondentoilet! Een hondentoilet! JEMMY'S RUN staat er op een groen bordje en er is geen hond te bekennen, want geen hond wil hier zijn in deze gruwelijke kou. Wat hebben we hier nu weer te zoeken? Ze heeft verdorie niet eens een hond. Ze zal toch niet zo'n dom baantje als hondenuitlater hebben aangenomen? Echt iets voor haar, dan kan ze zich naar hartenlust het leplazarus lopen door de stad.

'Zie je het niet of zo?' vraagt Lucy lachend. 'Zie je het echt niet?'

'Wat?'

Ze knikt half opzij, half omhoog en gilt dan, als ik het nog steeds niet doorheb, keihard: 'Het Empire State Building!'

'O!' Ik maak een wegwuifgebaar. 'Dat heb ik al tien keer gezien vanuit de taxi, dat ding steekt overal bovenuit.'

'Maar...'

'We zochten toch die hamburgertent?' Ik maak aanstalten om verder te lopen, maar Lucy blijft onbewogen staan.

'Maar nu zie je hem in het echt.'

'In de taxi ook. Kom je nou? Ik heb het kou-houd.'

'Maar nu sta je stil en kun je blijven kijken zolang je maar wilt.'

'Ik wil niet langer kijken, Luus. Ik wil naar die veredelde McDonald's en dan zo snel mogelijk weer naar jullie huis.'

'O. Oké.' Nu ziet ze eruit alsof iemand haar in het gezicht geslagen heeft.

'Het is prachtig, maar ik zal het nog wel vaker zien tijdens deze trip, dus laten we nu gewoon even verder lopen en...'

'We moeten deze kant op,' zegt ze en ze loopt een stukje terug.

Terug! Waarom zijn we verder gegaan dan strikt noodzakelijk? Om mij het puntje van een gebouw aan te wijzen dat werkelijk in elke leader van elke Amerikaanse sitcom en politieserie te zien is?

Lucy loopt het parkje in en bijna meteen staan we voor een ietwat groot uitgevallen hamburgerstalletje waar – kou of geen kou –

wél een lange rij staat. 'Gelukkig valt de rij mee,' zegt ze.

Ik val bijna flauw van verontwaardiging, maar ik hou me in en zeg niks. Ik zeg niks.

'Je bent gewoon te moe om het allemaal te waarderen,' gaat ze dan verder. 'De eerste dag dat ik hier was, was ik ook niets waard. Ik ben 's middags na het overgeefincident in slaap gevallen, terwijl Kasper vrij genomen had om me een hele toer te geven. Maar ik werd de volgende ochtend om zes uur pas weer wakker.' Ze kijkt naar me en de blik in haar ogen zegt dat ze er een moord voor gedaan zou hebben om hier in de rij te hebben kunnen staan, in plaats van haar jetlag weg te slapen in een comfortabel bed. 'Weet je dat New York je altijd een beetje op de proef stelt als je nieuw in de stad bent?'

Ik trek mijn wenkbrauwen op. Ik ben te moe en heb het te koud om te praten.

'Ja, echt. Dat had ik ook. Ik moest na aankomst uren wachten op het vliegveld. En toen ik de metro nog niet durfde te gebruiken, ben ik gestrand in Brooklyn zonder vervoer terug. En ik dacht dat ik wel terug kon lopen, maar ik verdwaalde. En toen moest Kasper me komen halen.'

Ik moet een beetje lachen omdat dit toch wel erg oldskool Lucy is. Gelukkig schiet de rij sneller op dan ik verwachtte en diep weggedoken in de kraag van mijn jas schuifel ik met Lucy mee naar voren.

'Zoals ik het zie, stelt New York nieuwkomers op de proef zodat alleen de mensen die het echt verdienen verliefd worden op deze stad. En dan maak jij niet alleen deel uit van de stad, maar de stad voortaan ook van jou.'

'Oké,' zeg ik lacherig. 'Diep, hoor.'

Na een paar minuten bereiken we eindelijk de toonbank en Lucy bestelt drie Shackburgers, drie porties frietjes en een Shack-cago Dog, allemaal to-go. Ik zet een stap opzij om op ons eten te wachten, maar Lucy krijgt een groen apparaatje overhandigd en loopt weg.

'Wat gaan we doen?' vraag ik.

'Wachten tot de buzzer afgaat,' zegt ze terwijl ze met het ding wappert. 'Dan kunnen we daar ons eten ophalen.' Ze knikt naar een ander loket en neemt plaats aan een klein rond tafeltje naast de hamburgerkraam. 'Wil je niet zitten?'

'Daar is het te koud voor.' Ik hups een beetje op en neer op mijn plaats. 'Twee keer wachten op je eten...'

'Het betekent in ieder geval dat het vers is wat we krijgen. Of heb je liever een kleffe burger die al twintig minuten op een warmhoudplaatje ligt te wachten tot iemand hem toevallig bestelt?'

Ik schud mijn hoofd, want ik eet liever helemaal niet zulke rotzooi.

'Kom hier staan,' zegt Lucy. 'Dan sta je dichter bij de heater.'

Ik had dat ding nog helemaal niet gezien en ik moet zeggen dat het wel veel scheelt nu ik aan de andere kant van Lucy sta. Ik ga toch maar op een stoeltje zitten. De kou van de zitting trekt door mijn jas heen, maar het is uit te houden. 'Dus jullie komen hier vaak?'

'Af en toe. In de zomer is het qua drukte bijna niet te doen, maar soms hebben we het er toch voor over. Of we gaan naar een van de andere locaties, daar is het ook wel druk, maar niet zoals hier. Dit hier is het moederschip van Shake Shack. Sommige liefhebbers zweren erbij dat de kwaliteit hier beter is dan bij de andere vestigingen.'

'Jij ook?'

'Zover wil ik niet gaan. Shake Shack is Shake Shack.' En dan gaat haar buzzer en Lucy huppelt bijna naar het afhaalloket, waar ze een vierkant doosje overhandigd krijgt.

'*Have a wonderful evening, Lucy,*' zegt het meisje aan het loket.

'Kennen ze je hier?' vraag ik als we het park uit lopen.

'Nee, ze noteren je naam, wat eigenlijk niet hoeft als je met buzzers werkt, maar ik denk dat ze de persoonlijke noot belangrijk vinden. Ik ken een verhaal van een klein meisje dat alleen een tosti wilde en haar vader probeerde uit te leggen dat die niet op het menu stond, maar de medewerker van Shake Shack dacht: ik heb brood, ik heb kaas, wat is het probleem? Dus hij zei: "*I can make you a grilled cheese*," en het meisje was helemaal gelukkig.'

'Goh,' antwoord ik. 'In Amerika is echt alles mogelijk.'

'Nou, het is een leuk verhaal toch? Al wordt het natuurlijk lastig als iedereen zomaar in het wilde weg bestellingen gaat doen. Ik denk trouwens dat we een beetje moeten doorstappen. Meestal is het eten nog goed warm als ik thuiskom, maar het zal nu wel wat sneller afkoelen.'

'Dan nemen we toch een taxi?'

'Hier heb ik meestal niet zoveel geluk met taxi's. Het Flatiron-district is nogal druk en er zitten veel kantoren hier. Iedereen is op een taxi uit.'

We naderen de kant van de weg en Lucy bereidt zich voor om over te steken.

'Daar komt er een,' zeg ik en ik steek mijn hand op, waarna de taxi netjes voor ons stopt.

Lucy kijkt alsof ze water ziet branden.

Ik trek het portier open. 'Snel nou, straks is ons eten koud.'

3

'Kasper, je gelooft dit nooit... Eloise is immuun voor het Empire State Building. Het doet haar helemaal niks.' Lucy begint te praten zodra ze de sleutel in het slot steekt en ze praat door tot hij haar halverwege de flat tegemoetkomt en haar ter begroeting kust. En kust. En kust. 'O! En... ze trekt taxi's aan! Ze heeft gewoon de Carrie-*charm*!'

'Serieus?' vraagt Kasper tussen kus twee en drie in.

'Ja, echt! We moeten een manier vinden om haar hier te houden. Denk je in hoe makkelijk ons leven zou zijn!'

'Dat klinkt wel als de Eloise die ik ken,' zegt hij, voor hij me omhelst en op beide wangen kust. 'Je bent dus geen spat veranderd.'

'Jij ook niet, hoelang is het nu geleden?'

'Wel een paar jaartjes,' antwoordt hij. 'Sorry dat ik niet op je bruiloft kon komen.'

'O, dat geeft niet.' Ik begin mijn jas uit te trekken, maar ik moet langs Lucy en Kasper om de kruk te bereiken, dus ik blijf ermee in mijn handen staan en overweeg de haak aan de muur in te pikken.

Dan neemt Kasper de doos met eten over en hij ploft op de bank.

Terwijl ik mijn jas op de kruk terecht laat komen, vraag ik me af of ik hem überhaupt wel een uitnodiging voor mijn bruiloft gestuurd had. Vast wel. Denk ik.

'Ga zitten,' zegt Lucy.

'Wil jij niet...' Ik gebaar naar de bank.

'Nee! Ga je gang.' Ze haalt wat blikjes fris uit de koelkast en zet die op tafel, waarna ze een kussen achter Kasper vandaan trekt en aan zijn voeten op de grond gooit, om daar plaats te nemen. 'Ik heb ook een Shack-cago Dog voor je meegenomen,' zegt ze terwijl ze het ding naar hem toe schuift.

'Ah schatje, je bent geweldig. *I lóve you*!' Kasper buigt zich voorover en kust haar zo intiem dat het me verbaast dat ze nog rechtop blijft zitten.

'Nou, nou,' zeg ik en ik begin het papiertje van een hamburger te pellen die Kas voor me heeft neergelegd. 'Er is eten genoeg, niet nodig om elkaar op te eten.'

Kasper lacht en neemt een hap van de hotdog.

Ik dacht dat ik er wel aan gewend was om hen als stel te beschouwen, maar nu ik er live getuige van ben, voelt het toch een beetje alsof ik mijn grote broer met mijn kleine zus zie tongen.

'Hapje?' vraagt Kasper en hij houdt Lucy de hotdog voor.

Ze pakt hem aan, neemt een grote hap en kijkt mij verwachtingsvol aan terwijl ze kauwt. Inmiddels heeft ze alles op de koffietafel uitgestald en het is duidelijk dat ze reuze benieuwd is naar hoe ik op mijn eerste hap reageer.

Ik kan niet weer zo blasé doen zoals eerder bij het Empire State Building, dus ik neem me sowieso voor om te doen alsof ik het hemels vind. Maar dat is lastig, want op mijn schoot ligt een nogal klef uitziende burger in een slap, glimmend broodje. Misschien moet ik beginnen met het bakje kreukelfrietjes. Ze smaken waarschijnlijk alleen naar zout en vet, maar dat kan ik aan. O god, ik hoop dat ik het aankan.

Ik besluit maar gewoon in het diepe te springen en breng de hamburger naar mijn mond. Wat een gedoe is dat toch altijd. Hoe kun je nu een broodje als dit uit de hand eten? Waar moet ik beginnen? Als ik alleen al probéér om een hapje te nemen, valt er al van alles uit. Ik knabbel een stukje van de rand, maar heb alleen een stukje brood en een snippertje ijsbergsla te pakken. Toch probeer ik er zo verrukt mogelijk bij te kijken. 'Lekker!' zeg ik.

'Ja?'

Lucy heeft de hotdog aan Kas teruggegeven en heeft zich nu op haar eigen eten gestort, maar ondertussen blijft ze volgen wat ik doe en ik ben eigenlijk te moe om nog weerstand te bieden. Dus ik geef toe, open mijn kaken zo ver als ik kan en ik neem de grootste hap die ik ooit heb genomen in mijn leven. Ik probeer niet na te denken over de calorieën, de niet-existente voedingswaarde en het feit dat de hygiëne in dit soort ketens vaak zeer ondermaats is. Ik kauw gewoon op mijn New Yorkse burger en doe alsof ik hem lekker vind en dan kunnen we allemaal door met ons leven.

Maar… nu ik even niet naar het eten kijk en me alleen concentreer op het fijnmalen van de hap in mijn mond, moet ik toegeven dat het… op een bepaalde manier… wel lekker smaakt. 'Hmm…' zeg ik; eerder verbaasd dan waarderend.

'Ik zei het toch…' antwoordt Lucy plagerig.

Als ik naar het broodje in mijn hand kijk, word ik nog steeds licht onpasselijk, maar het intrigeert me nu wel. Hoe kan iets dat er zo onooglijk, hompig en zompig uitziet zo lekker smaken? Ik proef een echte grillsmaak en het vlees is mals en sappig.

'Ze zegt niets, maar ik zie dat ze het lekker vindt,' zegt Lucy tegen Kasper.

'Het is… oké,' antwoord ik. 'Niet zo slecht als ik verwachtte.'

'Lekker dus?' probeert Lucy.

'Niet vies,' zeg ik en ik neem nog een hap. 'Best wel lekker.'

'Dat is voor haar al heel wat om toe te geven,' zegt Kasper, 'ik denk dat je hier genoegen mee moet nemen.'

'Nou, maar geef toe…' antwoord ik, '… dit hier ziet er nu niet bepaald appetijtelijk uit allemaal. De smaak is in orde, maar… is dat niet juist het meest verontrustende aspect?'

'Morgen halen we een biologische quinoasalade met chiazaad en gojibessen voor je en dan wil ik je niet meer horen klagen,' zegt Lucy.

'Ik klaag niet. Ik ga het allemaal opeten en dan… dan raak ik waarschijnlijk voor het eerst in mijn leven in een vreetcoma.'

Kasper neemt even pauze van zijn hotdog om wat kreukelfriet naar binnen te werken. 'Jij bent niet veel gewend… We moeten je nog meenemen naar Tasty Dumpling, 16 Handles...'

'Oeh, héérlijke frozen yoghurt,' valt Lucy hem bij.

'Joe's Pizza.'

'Nee, Grimaldi's! In Brooklyn.'

'Oké, eerst naar Joe's en dán naar Grimaldi's,' zegt Kasper. 'Om de pizza goed te kunnen vergelijken.'

Even eten we in stilte verder, tot ik me iets afvraag. 'Waarom zijn jullie niet moddervet?' Maar ik weet het antwoord: met al dat lopen verbranden ze al die extra calorieën natuurlijk wel.

'We eten niet alleen hamburgers en pizza,' zegt Kasper. 'Misschien is The River Café meer iets voor jou. Ik zal reserveren voor later deze week.'

'O, je gaat je ogen uitkijken daar!' zegt Lucy. 'Het zit bij Fulton Ferry Pier, onder de Brooklyn Bridge en je hebt een *a-ma-zing* uitzicht over de skyline van Manhattan. Echt om te huilen zo mooi.'

Kasper glimlacht. 'En dat bedoelt ze letterlijk. Volgens mij huilde je echt de eerste keer dat ik je ermee naartoe nam.'

'Misschien een heel klein beetje, maar dat was dan ook een bijzondere avond.' Ze richt zich tot mij. 'Dat was toen ik net terugkwam uit Nederland en hier definitief kwam wonen. Ik was zo blij en het uitzicht is echt té mooi.'

'Wauw, jullie zijn echt helemaal in je element hier, is het niet?' vraag ik.

'O, het is geweldig,' zegt Lucy. 'Het is zo jammer dat Paul niet mee kon. Maar aan de andere kant heb je nu meteen een reden om snel terug te komen. Dan kun je hem alles laten zien.'

'Nou, eigenlijk...' zeg ik en ik leg mijn hamburger even neer op het servet, '... gaat het momenteel niet zo goed tussen Paul en mij. Om eerlijk te zijn is dat ook de reden dat ik hier ben. Ik moest er even tussenuit.'

Ze kijken me allebei geschokt aan. Lucy vooral. 'Hoe bedoel je?' vraagt ze. 'Niet zo goed? Hebben jullie ruzie dan?'

'We hebben wat onenigheid gehad. Wat verschil in visie over de toekomst als het ware. En Paul is... weggegaan... tijdelijk... denk ik. Hij komt vast wel weer bij zinnen. Ik bedoel, we zijn nog geen twee jaar getrouwd. Ik ben niet zo iemand die na anderhalf jaar de scheiding aanvraagt, dat zou belachelijk zijn. Wat zal iedereen van ons denken?'

Lucy en Kasper wisselen een blik met elkaar. Eentje die deels verbazing prijsgeeft en deels een zekere opluchting dat zij in hun gelukkige liefdesbubbel zitten, die nooit door een relatiecrisis stukgeprikt kan worden. Althans, dat is wat ze nu denken. Dat weet ik, want dat dacht ik ook altijd.

Ik pak mijn hamburger weer op. Meer voor de afleiding dan omdat ik werkelijk nog honger heb. 'Het is niks. Het komt vast goed.'

'Ik wist dat je hier niet zomaar was.' Lucy raakt haar eten niet meer aan, wat bewijst hoe hoog ze dit opneemt. 'Ik wist dat er iets speelde. Begin eens bij het begin. Wat is er precies gebeurd?'

'We hebben nogal onder druk gestaan. Sinds de bruiloft min of meer.'

'Sinds de bruiloft?' herhaalt Lucy. 'Hoe kan dat nou? Jullie hebben zo'n mooie trouwdag gehad. En daarna de huwelijksreis naar Bali. Wat is er dan misgegaan? Dit zou de fijnste tijd van jullie leven moeten zijn. Ik dacht dat het dat ook was.'

'Ja, nou... misschien lijken de dingen soms anders dan ze zijn. Ik dacht óók dat we hetzelfde over de belangrijke dingen in het leven dachten, maar blijkbaar kun je dat nooit echt zeker weten. Blijkbaar kan iemand zomaar van gedachten veranderen als dingen ietwat tegenzitten.'

'Hé, als jullie dit met z'n tweeën willen bespreken...' zegt Kasper en hij maakt aanstalten om op te staan, maar ik hou hem tegen.

'Nee joh, waar zou je heen moeten? Ik ben toch zelf hiernaartoe gekomen? Ik ben al blij dat ik hier mag blijven.'

Kasper kijkt een beetje moeilijk, maar blijft dan toch zitten.

Lucy lijkt mijn nieuws maar niet te kunnen bevatten. 'Maar wat is het probleem dan precies?' Ze legt nogal wat nadruk op het laatste woord, alsof ik niet duidelijk ben of zo. 'Want ik ben jullie ceremoniemeester geweest en dat was heel veel werk en ga me nou niet vertellen dat het allemaal voor niets was.'

'Ik denk dat het allemaal begon na het eerste halfjaar. Ik was met de pil gestopt, ruim voor de bruiloft. Omdat we niet te lang wilden wachten met proberen een kindje te krijgen. Dus een paar maanden voor de bruiloft begonnen we al wat onvoorzichtig om te gaan met de anticonceptie. We verwachtten natuurlijk niet dat het meteen raak zou zijn zodra we een keertje het condoom vergaten, maar als het zo zou uitpakken, dan zouden we er klaar voor zijn. Maar het was niet zomaar raak. En na de huwelijksreis, toen we echt officieel gingen proberen zwanger te worden, gebeurde het ook niet. Wat ook normaal is. Men zegt dat het tot een jaar kan duren om spontaan in verwachting te raken, maar hoewel ik dat wist, was het toch telkens een teleurstelling als ik weer ongesteld werd.'

'Ik wist niet dat jullie daar al zo intensief mee bezig waren,' zegt Lucy terwijl ze voorzichtig weer wat frietjes naar binnen begint te werken.

'Nou, die eerste zes maanden waren ook nog niet zó intensief. Maar stiekem had ik toch de hoop gehad dat het sneller zou gaan. Ik heb vier broers, dus ik mag aannemen dat mijn ouders geen problemen met hun vruchtbaarheid hebben gehad. En om me heen lijkt het alsof vrouwen van een briesje uit een gunstige windrichting al zwanger raken.'

Kasper is inmiddels aan zijn hamburger begonnen en verslikt zich een beetje in de eerste hap.

'De meiden in mijn sportclubje zijn inmiddels allemaal zwanger óf hebben al een kind,' ga ik verder. 'Twee van mijn bruidsmeisjes zijn inmiddels bevallen. En een paar weken geleden kondigde de zus van Paul ook haar heuglijke nieuws aan. Zij is nog niet eens getrouwd met die flapdrol van een vriend van haar!'

'Je weet toch dat het niet verplicht is om die volgorde aan te houden, hè?' zegt Lucy gekscherend.

Ik negeer haar half. 'Het gaat erom dat ze het helemaal niet hadden zien aankomen. Het was niet gepland. Overal gebeuren er "ongelukjes" om me heen en ik wíl het graag. Héél graag! Dus waarom lukt het dan niet?'

'Misschien is dat een klein onderdeel van het probleem?' oppert Lucy. 'Als jij ergens voor gaat, dan stort je je blind op je doel en soms ben je daarin een tikkeltje...'

'Wat?' reageer ik gebeten. 'Fanatiek?'

'Ja. Neigend naar obsessief.' Ze dipt nog een frietje in de rode saus. 'En dat hoort bij jou en meestal bereik je daarmee dubbel zoveel als anderen. Maar ik heb wel eens gehoord dat het juist bij zoiets als een zwangerschap tegen je kan werken als je erg gestrest bent. En ik kan me vergissen, maar volgens mij scoor je op dit moment redelijk hoog op de stress-o-meter.'

'Onzin!' antwoord ik. 'Ik werd gespannen omdat het zo lang duurde, niet andersom. En in het begin was ik nog best wel relaxed. Pas na ongeveer acht maanden begon ik allerlei tips op te volgen om het zwanger raken te bevorderen. Er waren bepaalde vitamines die ik kon slikken en ik maakte een schema voor de seks. Het had natuurlijk weinig zin om het te doen op dagen waarop de kans sowieso klein was, dus ik plande het allemaal zo gunstig mogelijk in. Maar zoals je ziet... nog steeds niks.'

'Ik kan begrijpen dat zoiets je relatie onder druk zet,' zegt Lucy. 'Waren jullie ook nog wel eens gewoon voor de lol samen? Niet alleen in bed, maar ook daarbuiten?'

'Nu klink je net als Paul.'

'O,' zegt Lucy.

'In het begin was hij nog positief, hoor, maar naarmate ik er meer energie in stak, zag ik bij hem het vlammetje uitgaan. Het was alsof hij er niet meer in geloofde. En inmiddels is het tijd geworden om naar de dokter te gaan. We zijn nu lang genoeg bezig om hulp te kunnen krijgen, maar wat denk je dat meneer nu wil? Hij wil er even mee stoppen. Even pauze. Gewoon de kinderwens een heel jaar parkeren en er helemaal niet meer mee bezig zijn. En ondertussen word ik alleen maar ouder en minder vruchtbaar!'

'Je bent tweeëndertig, je hebt nog tijd.'

'Maar ik wil niet wachten! Ik wil een baby! En ik dacht dat wij daar allebei evenveel naar uitkeken, maar blijkbaar heb ik in mijn eentje op de uitkijk gestaan, want Paul wil nu een jaartje lol maken. Hoe kan ik nu lol maken als ik niet weet of we wel kinderen kunnen krijgen?'

Ik zit inmiddels bijna te krijsen op de bank en Kasper geeft me mijn blikje fris aan zodat ik kan drinken.

'Dank je…' Ik neem een slok en daarna een frietje en weer een slokje. 'We kwamen er niet uit. Ik mocht niet eens meer over het onderwerp praten, waar ik alleen maar meer gespannen van raakte. Hoe kun je iemand nou verbieden om te práten over wat diegene bezighoudt? Ik kon het niet loslaten. Dus we kregen er steeds vaker ruzie over. En dat liep enorm uit de hand en toen riep Paul dat hij niet naar de dokter wilde, omdat hij dat medische traject niet in wilde met mij. Hij zei dat hij gek van me werd. Dat ik me eerst al een jaar lang als een bezetene op de organisatie van de bruiloft gestort had. En hij had geen zin om toe te kijken hoe ik me tot het bittere einde vastbeet in het babyproject. Hij kon mijn gedrag niet meer aan. Míjn gedrag! Ik zou het over zíjn gedrag moeten hebben. Zijn ruggengraatloze, ongeïnteresseerde houding is ook heus geen feestje.'

Lucy en Kasper zitten met verbouwereerde gezichtsuitdrukkingen naar me te kijken.

'Luister,' zegt Lucy dan, 'ik denk dat jullie er goed aan doen om even af te koelen. Jullie zijn nu allebei emotioneel en zo overtuigd van je eigen standpunt dat jullie elkaar niet meer horen. Na een paar dagen hier ben je weer tot jezelf gekomen en dan ziet het er allemaal heel anders uit.'

'Ik vergeet niet wat hij gezegd heeft, Lucy. Hij zei niet dat hij het traject niet wilde aangaan. Hij wil het niet aangaan "met mij"! Alsof ik het allemaal erger maak, terwijl het eerder andersom is! Ik zou hém in de steek moeten laten.'

'Niemand moet iemand in de steek laten,' zegt Lucy. 'Jullie moeten kalmeren en…'

'Maar het is zijn schuld, Luus!'

'Ik weet dat hij niet erg tactvol is geweest...'

'Nee, dat het niet lukt, bedoel ik. Het probleem ligt bij hem. Ik had geen rust voor ik het wist, dus ik ben zonder hem naar de gynaecoloog gegaan. Voor sommige tests moeten we samen langskomen, maar er is al heel veel uitgesloten. Tot nu toe waren al mijn uitslagen goed. Het ligt niet aan mij!'

'Is dat zeker?'

'Zo goed als. Ik heb echo's en allerlei andere onderzoeken gehad. Er is geen aanwijsbare reden waarom ik niet zwanger zou kunnen raken, dus waarschijnlijk is zijn zaad traag óf het is de combinatie tussen ons die niet werkt. Hij mag blij zijn als ík het traject nog in wil met hém.'

4

Ik lig op de bank nadat Kasper en Lucy megavroeg naar bed gegaan zijn. Ik was na het eten zo moe, dat ik zat te knikkebollen op de bank, waardoor Kasper met zijn laptop en Lucy met een boek naar de slaapkamer uitweken. Maar nu ik eenmaal lig, kan ik niet slapen, ook al ben ik vandaag bijna twintig uur in touw geweest en is het voor mijn gevoel nu drie uur 's nachts. Ik lijk wel over mijn slaap heen te zijn en ik hoor de stemmen van Kasper en Lucy door de dunne wanden van de flat heen. Volgens mij hebben ze het over mij. Dat moet haast wel. Ik hoorde Kasper aan Lucy vragen hoelang ze dacht dat ik zou blijven. En zij antwoordde dat ze dat niet wist en dat ze me dat onder deze omstandigheden moeilijk kon vragen. Daarna gingen ze een tijdje op gedempte toon door, waarbij ik iets opving in de trant van 'impulsief', 'overdreven' en 'dramatisch'. Ik neem aan dat dit ook op mij sloeg.

Ik weet heus wel hoe ik op anderen overkom. Mensen nodigen me uit om hun feestjes op te leuken, want met mij valt altijd wat te beleven. Met mij zit je nooit om conversatie verlegen. Ik heb altijd wel een goed verhaal, altijd een leuke anekdote te vertellen. Ik leef net iets grootser en meeslepender dan de mensen om me heen. Ik drink net iets meer en dans net iets uitbundiger. Mijn sociale kring is groot, maar als het erop aankomt zijn er maar weinig mensen die me echt begrijpen. En er is altijd die keerzijde, want als je te veel opvalt, roept dat weerstand op.

Mijn trouwjurk – om maar een voorbeeld te geven – was adembenemend. Er viel letterlijk een stilte toen ik de kerk binnenschreed. Ik werd er de hele dag én avond op aangesproken. Alle vrouwen wilden weten waar ik mijn jurk gevonden had. Maar als ik vertelde dat ik er speciaal voor naar Parijs was geweest om de japon door een couturier voor me te laten ontwerpen, betrokken hun gezichten. Zeker als ik ook nog liet vallen dat ik er meer dan vijfduizend euro voor had betaald. Dat zouden zij er nóóit voor overhebben, dat was toch een uitzinnig bedrag voor een jurk die je eenmaal draagt, en wat was er mis met gewone trouwjurken? Je kon hier ook heus wel een schitterende jurk vinden en dan hoefde je er niet zo'n exorbitant bedrag voor neer te tellen. En als ik wilde uitleggen wat het verschil in kwaliteit was, schoten mijn vriendinnen meteen in de verdediging. 'Nou, mijn jurk was anders van prima kwaliteit hoor, die deed echt niet onder voor die van jou. Of vind jij soms van wel? Zag ik er dan niet goed uit?'

Mensen vinden het leuk om in gezelschap van bijzondere, sprankelende personen te zijn. Maar je mag nooit meer sprankelen dan zij. Dan sabelen ze je neer. Ik weet dat het jaloezie is. Meestal trek ik me er niets van aan. Maar het schept wel een afstand in relaties. En het maakt dat ik niet altijd het achterste van mijn tong laat zien. Zelfs bij Lucy heb ik dat gevoel soms, al ken ik haar beter en langer dan wie dan ook in mijn leven en vertrouw ik haar bijna alles toe. Toch was ik vandaag bij haar ook niet helemáál openhartig. Ik weet dat ze een oordeel over me zou hebben als ik haar vertel dat ik erover denk om niet meer terug te gaan naar Paul. Maar ik ben zó teleurgesteld in hem, met zijn pauzes en lolmakerij.

Het leven draait niet alleen om lol en je kunt niet zomaar op pauze drukken als iets je niet aanstaat. Ik dacht dat we hier samen in stonden. Ik dacht dat we dezelfde kant op gingen. We hadden toch plannen? Ik heb er niet voor getekend om bij iemand te blijven die onvruchtbaar is. Had ik daar van tevoren bij stil moeten staan? Of ik hem dan ook nog zou willen? Doen andere mensen dat?

Misschien was het naïef van me om aan te nemen dat alles precies zo zou lopen als ik in mijn gedachten voor me zag. Maar zeg nou zelf, zo gaat het bij anderen toch ook? Het is haast iets vanzelfsprekends. Tot het dat plots niet meer is. Tot je ineens zelf die ene uitzondering in je vriendengroep blijkt te zijn. Dat ene stel bij wie het maar niet wil lukken.

Opeens snap ik wel waarom Lucy hierheen kwam. Een tijdlang was zij de uitzondering, toen iedereen in ons vriendenclubje trouwplannen begon te maken en zij hooguit af en toe een scharrel had. Met elke bruiloft werd het bruidsboeket iets opzichtiger haar kant op gegooid en leek Lucy zich iets ongemakkelijker te voelen als ze het ving.

Ze liet nooit echt iets merken. Ze kwam bij ons allemaal opdraven als bruidsmeisje, getuige of ceremoniemeester. Ze lachte stralend op alle foto's, danste de hele avond op al onze feesten en schreef de liefste berichtjes in de gastenboeken. Maar er moet een moment geweest zijn dat ze het beu werd. Dat ze zich begon af te vragen wanneer haar leven nu eens om haarzelf zou draaien. En toen riep New York haar. Ze is hier helemaal opgebloeid. Ze is nog steeds dezelfde Lucy, maar een blijere versie. Misschien af en toe iets te blij, als ze vol bewondering New Yorkse hondentoiletten aanwijst, maar wie ben ik om daar laatdunkend over te doen. Misschien benijd ik haar er diep vanbinnen wel om.

De gedachte om Paul weer te zien, alweer zo'n slepend gesprek met hem aan te moeten gaan en dan af te wachten of hij wellicht bereid is me het plezier te doen om zich te laten onderzoeken zodat we verder kunnen met onze kinderwens, maakt me helemaal neerslachtig. Ik heb er geen zin meer in. Misschien zou ik het stiekem óók wel willen: hier blijven. Paul en iedereen thuis verlaten en opnieuw beginnen. Ik zou een viriele New Yorker aan de haak slaan. Ik ben een goede vangst, dus waarom niet?

Als Lucy hier kon blijven, kan ik dat ook. Er bestaat geen regel dat je per se in katzwijm moet vallen bij de aanblik van het Empire State Building of een hamburger uit het park. En ik zou hier ook niet eeuwig hoeven blijven. Daar maken Amerikanen toch altijd zo'n heel gedoe van? Volgens mij moet je de hele grondwet uit je hoofd kennen. Zoiets zie je altijd in films, tenminste. Maar ik hoef natuurlijk niet meteen Amerikaans staatsburger te worden.

Ik kan beginnen met een visum, hoe heet zoiets? Een greencard of zo? Die zal toch niet zo moeilijk te verkrijgen zijn? New York stikt immers van de immigranten, sterker nog, zonder immigranten zou het praktisch een onbewoond eiland zijn.

Het idee begint steeds aanlokkelijker te lijken. Ik heb vakantie opgenomen tot de eerste week van januari en daarna zie ik wel hoe het loopt. Niemand kan me verplichten terug te komen, ik bepaal zelf wat ik met mijn leven doe.

Ik begin zowaar een beetje te ontspannen en heb voor het eerst het gevoel dat ik zou kunnen wegdutten. Ik trek het laken, met daarover een deken, onder mijn kin, draai me op mijn zij en laat mijn oogleden langzaam dichtvallen.

Maar vlak voor ze helemaal dicht zijn en ik in een zeer welkome slaap val, zie ik iets bewegen in het donker. Dan, in een flits, lichten er twee gelige spleetogen op in het donker en word ik besprongen. Ik weet in eerste instantie niet eens precies waardóór, maar het is zwaar en harig en het krabt me! Ik spring krijsend van de bank om eraan te ontsnappen. Het wezen krijst even hard terug en dan gaat het licht aan en staat Kasper in de kamer, helemaal op zijn hoede, met Lucy vlak achter hem. Het beest schiet hun slaapkamer in, rechtstreeks onder het bed.

'Wat ís er?' vraagt Lucy.

'Wat wás dat?' breng ik tegelijkertijd uit, nog steeds hysterisch. 'O mijn god, het zat op me! Het ging jullie kant op!'

'Bedoel je Tony?' vraagt Lucy kalmpjes terwijl ik nog een akelige rilling over mijn rug voel gaan.

'Tony?' gil ik.

Ze gaat haar slaapkamer in, duikt half onder het bed en komt er met een bruin-zwart gestreepte vlooienbaal op haar arm weer uit. 'Onze kat.'

'Een kat?' hijg ik opgelucht. 'Had je niet even kunnen zeggen dat jullie een kat hebben? Ik schrok me rot. Hij lijkt niet eens op een kat!' 'Hoezo lijkt hij niet op een kat?' brengt ze uit en ze aait hem achter een oor.

Pas nu herken ik überhaupt iets in het beest. Maar het is wel zo'n beetje de lelijkste kat die ik me kan voorstellen. Nou ja, op die naakte sfinxkatten na. Deze heeft een paar ongelukkig geplaatste strepen op zijn voorhoofd, waardoor hij wenkbrauwen lijkt te hebben, die ook nog eens in fronsstand staan. Ik denk dat hij zelfs nog lelijker is dan de kat die ze in Nederland had en die was al eng. 'Wat heb jij met monsterlijke katten?' vraag ik.

'Ik ga weer naar bed,' zegt Kasper en hij draait zich om.

Lucy kijkt me verontwaardigd aan. 'Hij is geen monster,' zegt ze, terwijl Tony het tegendeel bewijst door naar me te blazen. 'Ik heb hem in Central Park van een man gekregen. Hij was de laatste van een nestje, al zijn broertjes en zusjes waren al verkocht, en hij zat al uren met alleen Tony op een kleedje. Ik snap niet waarom, hij is zo lief. Toen ik hem aaide, probeerde hij meteen mijn vinger te grijpen met zijn twee klauwtjes. En die man was zo blij dat ik interesse had, dat ik hem gratis mocht hebben. Ik wilde eigenlijk geen huisdier meer, maar ik kon hem niet achterlaten. Hij deed me waarschijnlijk een beetje aan Toby denken.'

'Toby was ook eng,' zeg ik terwijl ik weer op de bank kruip met de dekens om me heen.

'Helemaal niet, vraag maar aan mijn moeder. Zij is hartstikke blij met hem. En ik begon hem een beetje te missen, dus ik ben heel blij met Tony.' Ze kust het beest op zijn kop en zet hem dan op de grond, waarna hij weer onder het bed schiet. 'Meestal ligt hij op mijn werkkamer, daar heeft hij zijn mandje. Nou ja, het was míjn mand, voor tekenspullen, maar die heeft hij ingepikt. Net als het hoekje van de bank. Hij sluipt er altijd heen als hij denkt dat we het niet merken. Als we slapen, bijvoorbeeld. Ik had je moeten waarschuwen.'

'Dat zou fijn geweest zijn. Ik schrok me te pletter. Is het te veel gevraagd om hem in jullie kamer te houden? Als hij dit grapje nog eens uithaalt, blijf ik erin.'

'Ik zal de deur goed dichtdoen.'

Lucy doet het licht uit en ik laat me weer onderuitzakken. Ik hoor Kasper en Lucy samen giechelen in de andere kamer. Ik hoop niet dat ze ook nog gaan seksen, want het gaat me niet lukken die geluiden ook nog buiten te sluiten. Ik zucht diep en vol zelfmedelijden. Ik had beter naar het rattenhol kunnen gaan.

De eerste keer dat ik wakker word en het gevoel heb dat het al ochtend moet zijn, is het iets over één uur. Ik kan de tijd in de keuken zien, de roodverlichte cijfers op de magnetron zijn leesbaar als ik een beetje met mijn ogen knijp. Ik weet natuurlijk niet zeker of het klokje goed staat, maar ik neem aan dat ik vanzelf gewekt word door Kasper of Lucy als zij op moeten staan.

Ik draai me nog eens om en slaap nog een paar uur, tot het bijna halfvier in de ochtend is. Nu ben ik er haast van overtuigd dat de tijd in de keuken niet klopt, want ik voel me helemaal uitgeslapen. Op de tast zoek ik mijn mobiel, die – herinner ik me plots – nog niet opgeladen is en ergens bij mijn toiletspullen ligt. Ik moet toch plassen en ga stommelend naar de badkamer, onderweg eerst tegen een barkruk botsend en daarna over mijn eigen handtas struikelend die ik naast de bank had laten staan.

Het is koud in de badkamer met mijn blote voeten op de tegelvloer. Ik spring vlug op het badmatje. Zittend op de wc probeer ik mijn telefoon aan de praat te krijgen, maar de batterij is te ver leeg en het apparaat valt al uit voor het helemaal opgestart is. Ik twijfel of ik alvast onder de douche zal springen, maar bij het wassen van mijn handen zie ik dat Kaspers horloge op de rand van de wastafel is blijven liggen en dat de tijd in de keuken klopt. Ik kan het niet maken om Kasper en Lucy nu al wakker te maken, dus ik sluip terug de kamer in en blijf wéér hangen in het hengsel van mijn tas. In mezelf vloekend zet ik het ding op de ontbijtbar. Het blijft stil in de slaapkamer, dus het lijkt erop dat ik niemand gestoord heb.

Ik plof weer op de bank, met mijn telefoon nog in mijn hand. Ik moet mijn oplader hebben. Ik rommel wat in mijn koffer, maar het is zo donker dat ik niet zie wat ik doe. Ik maak wat ritsjes open, want ik dacht dat ik een apart vakje gebruikt had om het ding in op te bergen.

Ik besluit voorzichtig een rolgordijntje op te trekken om wat licht te hebben, maar het helpt niet zoveel. De gebouwen aan de overkant zijn allemaal pikdonker en uit de wattige lucht komt natte sneeuw gevallen. Hij lijkt eigenlijk meer op dikke regen en maakt plassen op de straat, die glimmen door de kerstverlichting aan de lantaarnpalen. Ik krijg het koud van de aanblik en haal meteen een paar dikke sokken uit mijn koffer. Daarna vind ik gelukkig ook mijn oplader, om er vervolgens bij het stopcontact achter te komen dat ik ook mijn wereldstekker had moeten inpakken. Ik mik de telefoon en mijn oplader terug in de koffer. Straks maak ik Kas en Luus alsnog wakker. Dan wacht ik maar tot het licht is.

Ik trek mijn sokken aan en nestel me weer onder de dekens op de bank. Ik probeer te bedenken wat ik morgen allemaal zal gaan doen. Ik moet Lucy maar eens de weg vragen naar Macy's. Ik geloof dat dat warenhuis hier niet ver vandaan ligt. Ik kan de ochtend winkelend doorbrengen. O, en ik moet natuurlijk op zoek naar een hotel. Dat ook. Dat eerst, misschien. Al heb ik meer zin om te shoppen. Ik verheug me nu al op de schoenenafdeling. Hopelijk houdt die natte sneeuw dan wel op. Ik rek me uit om het rolgordijntje weer te laten zakken, want het lijkt wel of de kou van de ramen af slaat. Opgerold in de dekens doe ik mijn ogen weer dicht. Ik verwacht niet dat ik nog kan slapen, maar kennelijk lukt dat toch. Ik schrik pas weer op als Kasper om kwart voor zeven onder de douche duikt en Lucy koffie gaat zetten in de keuken.

Als ontbijt hebben we keuze uit vier soorten cereals en Lucy roostert wat sneetjes brood, die we met jam besmeren. Kasper eet de toast uit de ene hand terwijl hij met de andere over een iPad scrolt. De weersvooruitzichten zijn niet optimaal voor een dagje shoppen. Er worden ijzige temperaturen voorspeld en hevige sneeuwval, die de hele dag aanhoudt. Maar ik zal toch de meeste tijd binnen doorbrengen, dus wie weet valt het mee.

'Ze houden rekening met een sneeuwstorm, die vanavond op volle sterkte is,' zegt hij. 'Uit voorzorg wordt vanmiddag de metro al stilgelegd en de observatiedecks van het Empire State Building en Top of the Rock zijn gesloten. Was je van plan om daarheen te gaan?' Hij kijkt mij aan.

Ik schud mijn hoofd. 'Nee zeg, al die toeristen. En ik vind die hoogte sowieso niks. Ik vermaak me liever bij Macy's.'

'En waar ben jij vandaag?' vraagt hij Lucy.

'Ik tref om tien uur een groep cursisten bij Bryant Park, maar ik denk dat ik ze meeneem naar de bibliotheek. De Rose Readingroom is heel geschikt om aan perspectief te werken. Ik ben rond twee uur klaar, dus dan kan ik nog langs de supermarkt gaan voor rantsoen.'

'Ik heb de lijst net uitgeprint,' antwoordt Kasper. 'Maar de belangrijkste dingen hebben we wel op voorraad.'

Lucy loopt naar haar werkkamertje en komt terug met een A4'tje. Als ze opkijkt van de lijst ziet ze pas hoe verbaasd ik zit toe te kijken. 'Dit gedeelte van Manhattan heeft dagenlang zonder stroom gezeten na Sandy,' legt ze uit. 'Je weet wel, de orkaan.'

'Ja, weet ik.'

'Het was één groot feest,' zegt Kas. 'Vier dagen niet douchen, de wc niet kunnen doortrekken...'

'Wát?' vraag ik en ik kijk naar Lucy. 'Meent hij dat?'

Ze knikt. 'De stad was helemaal ontregeld. Je kent de tv-beelden wel, toch?'

'Ja, maar ik had me niet gerealiseerd dat Kas er middenin zat.' Ik schrik op. 'Maar zo erg is het nu toch niet? Het is maar een beetje sneeuw.'

'Het valt vast wel mee,' zegt hij. 'Maar je kunt nooit voorbereid genoeg zijn, dus we halen wat extra flessen water en eten dat lang goed blijft. O, en brood, Luus, dat is bijna op.'

Ze krabbelt nog wat onder aan het vel papier en neemt een kus van Kas in ontvangst. En nog een.

‘Ik bel je vanmiddag,’ zegt hij en hij gaat met zijn laptoptas de deur uit.

Lucy kijkt hem nogal zwijmelachtig na en het duurt een paar tellen voor ze uit haar trance is. ‘Ik ga douchen,’ zegt ze dan. ‘En dan loop ik met je mee naar Macy’s. Dat ligt haast op mijn route.’

5

Dit bedoelen ze in New York dus als ze het over ijzige temperaturen hebben. Het voelt als min honderd of zo. Ik duik zo diep mogelijk weg in mijn sjaal en trek mijn Franse baret zo ver als maar kan over mijn oren.

'Zorg dat je haar goed weggestopt is,' zegt Lucy terwijl ze mijn schuine lok onder de stof duwt. 'Als het nat wordt van de sneeuw bevriest het en dan kan het breken.'

Ik kijk haar met grote ogen aan. 'We zijn toch zeker niet in Alaska?'

Ze knikt naar de overkant van de straat, waar een journalist voor een camera staat te praten met in zijn hand iets wat lijkt op een wit T-shirt. 'Kijk daar maar eens, dat trucje heb ik al een paar keer gezien deze week.'

Het shirt waait als een zeil in de ferme wind, tot de man er een flesje water over uitgiet. Ik zie de stof voor mijn ogen opstijven en vastvriezen. De verslaggever houdt het shirt loodrecht voor zich uit en het is zo hard dat de wind er geen deukje meer in weet te blazen.

'Oooo, Lucy! Hoe ver is het lopen?' vraag ik klaaglijk. 'Ik bevries nu al.'

'Maar twee blokken. We zijn er zo.'

'Laten we een taxi nemen.'

'Dat is een ritje van twee minuten,' antwoordt ze. 'Als we doorlopen blijven we warmer dan als we op een taxi moeten wachten.' Ze stuift verder. 'Geloof me, het duurt langer om er eentje aan te houden dan om erheen te lopen.'

Ik hoor haar nog praten, maar inmiddels is ze wat verder bij me vandaan en worden haar woorden door de sneeuw verzwolgen voor ze mij bereikt hebben. Daarnaast ben ik gefocust op de gele vlek die ik achter in de straat zie opdoemen. Ik steek rennend de straat over zodat ik aan de juiste kant sta en ben net op tijd om met één voet op straat en mijn hand in de lucht de taxi aan te houden. 'Lucy!' gil ik naar de overkant en ik wuif triomfantelijk als ze omkijkt, voor ik de taxi in duik.

Het duurt inderdaad maar enkele minuten voor we bij Macy's, aan de kant van 34th Street, uitstappen. Ik geef de chauffeur een fooitje om het de moeite van de korte rit waard te maken. Niet te veel, want hij leek het een beetje irritant te vinden dat ik hem voor zo'n klein eindje gestrikt had en dat vind ik flauw van hem.

'Ik heb het probleem geanalyseerd,' zeg ik als we uitgestapt zijn. 'Je hoeft niet "charmed" te zijn om een taxi aan te houden, je moet het gewoon proberen. Daarom lukte het Carrie wel altijd. En mij ook. Jij dúrft gewoon niet.'

'Natuurlijk wel. Ik neem zo vaak een taxi, maar het is me niet altijd de moeite waard. Je hebt gewoon beginnersgeluk. Soms duurt het echt een kwartier voor je beet hebt, en dan zou ik al in Bryant Park geweest zijn. Wil je naar de etalages kijken?'

Het is nog vroeg, maar er drommen al heel wat mensen samen in deze straat. Ik heb geen zin om daar tussen te gaan staan. 'Nee, laten we maar naar binnen gaan.'

'Weet je het zeker? Macy's heeft de mooiste etalages van heel New York.'

'Straks misschien.'

'Dit is de Memorial Entrance,' zegt Lucy terwijl ik voor haar uit naar binnen loop. 'Zie je die plaquette? Die is ter nagedachtenis aan Isidor en Ida Straus, mede-eigenaren van Macy's. Ze zijn omgekomen op de *Titanic*.'

'Hoe wéét je die dingen?' vraag ik.

'Toen ik hier voor het eerst was, heb ik zo'n rondrit gedaan op een *hop-on-hop-off*-bus. De gids vertelde al dit soort wetenswaardigheden. En je kunt het trouwens ook gewoon op de gedenkplaat zelf lezen.' Lucy kijkt op haar horloge. 'Ik moet zo mijn cursisten opvangen. Denk je dat je je tot vanmiddag kunt vermaken?'

'Ja, natuurlijk. Als ik hier klaar ben, neem ik een taxi naar Fifth Avenue. Winkels genoeg.'

Ze glimlacht. 'Oké, veel plezier. Ik bel je als ik klaar ben, dan gaan we wat gezelligs doen.'

Lucy gaat naar buiten en ik loop verder de winkel in. '*Welcome to Macy's,*' hoor ik ergens links van me. Er lopen zoveel mensen tegelijk naar binnen dat er voor de medewerker niets anders op zit dan het zomaar lukraak eens in de zoveel tijd te roepen, in de hoop dat zoveel mogelijk mensen zich aangesproken voelen.

Ik loop wat rond op de begane grond, nog niet echt in iets specifieks geïnteresseerd. Ik kijk naar de gigantische kerstornamenten aan het plafond. Een soort kroonluchters met dennentakken en maretakken. En grote doorzichtige bollen met halve kerstdorpen erin. Een groot kasteel met kleine huisjes eromheen en een echt rijdend treintje. In een glazen bol aan het plafond! Ik ben er zo door gefascineerd dat ik zomaar blijf staan en meteen botst er iemand tegen me op.

Tegelijk vraagt een dame met keurig opgestoken haar of ik een parfum wil proberen, en ze besprenkelt me met een heerlijk luchtje. Ik loop door naar de roltrappen, ondertussen steeds aan mijn pols snuffend, en tuur naar boven, om nog meer van de kerstversiering in me op te nemen. Ik begin eindelijk een beetje tot mezelf te komen. Als Lucy wilde dat ik verliefd werd op New York, had ze me meteen hiermee naartoe moeten nemen. Want als ik de schoenenafdeling van Macy's betreedt, voelt het als thuiskomen. Maar dan beter. Misschien eerder alsof ik door het moederschip geroepen ben, om in Shake Shack-termen te blijven.

Ruim een uur later daal ik de roltrap af met drie tassen aan mijn arm. Ik heb gevoerde *high heel cold weather booties* van French Connection gekocht, met aan de bovenkant een dikke grijze omslag van bont. Het is nep, maar het voelt zo zacht als een konijnenvachtje en ik had ze het liefst meteen aangehouden. Tegelijk met de laarzen heb ik ook een snoezig plat schoentje gepast van Michael Kors in bruin leer met het logo als gouden gesp op de neus. Die kon ik ook niet weerstaan. En onderweg naar de kassa liep ik tegen een paar enkellaarsjes met stilettohak aan. Ze zijn romig wit en van gehaakt materiaal, met hier en daar een crochetbloem als applicatie. En oké, die eerste paren waren behoorlijk prijzig, maar die laatste laarsjes waren nog geen vijftig dollar, dus daar hoefde ik het echt niet voor te laten.

Het enige waar ik over twijfelde was de tas van Kate Spade in hot pink, omdat ik niet echt van plan was een tas te kopen. Maar ik kreeg er gratis een kleine gele-taxi-hanger bij voor aan het hengsel en nou ja, die verdiende ik gewoon, vond ik. Na al dat gepraat met Lucy over die *taxicharm* leek het wel of deze voor mij bestemd was. Voor zes dollar heb ik de tas ook nog in een luxe giftbox laten verpakken en omdat ik zoveel tegelijk kocht, kreeg ik er een naamkaartje bij dat de verkoopster in een plastic hoesje stak dat met glitters en zilveren sterretjes gevuld was. En het gekke is dat toen ik het aannam, en in sierlijke letters de naam Lois op het kaartje zag staan, ik me ook echt een ander mens voelde. Of misschien niet eens een ander, maar meer als mijn oude ik. Ik kwam hier als Sombere Eloise binnen en ik vertrek als Lois. Opgewekt en klaar voor alles wat New York haar te bieden heeft. Sommige mensen gaan een dag naar de sauna om te ontspannen. Ik kom met een uurtje winkelen al een heel eind. Dat is altijd al zo geweest. Weet je wat? Ik doe mezelf dat lekkere luchtje ook cadeau!

Als ik buitenkom, aan de kant van Sixth Avenue, ga ik niet meteen op zoek naar een taxi. Ik ben zelfs in kerststemming geraakt van de mooie versiering en de vriendelijke bediening bij Macy's. Ik blijf staan voor de etalages, waar het – ongeacht de sneeuwval – nog iets drukker geworden is. Maar het maakt me nu niets meer uit. Ik werk me iets naar voren, tot ik goed zicht heb. En mijn mond valt bijna open van verwondering.

Het lijkt wel alsof ik naar een attractie in het Sprookjesbos van de Efteling kijk. Ik zie een raam met allemaal planeten en een kerstman die met een soort intergalactische slee op de aarde afkomt, met Manhattan in miniatuur nagebouwd op de wereldbol. Er zijn kristallen bosdieren en er vliegen feeën en elfjes. En in een ander raam zie ik een jongetje dat door de telescoop tuurt vanuit zijn slaapkamerraam. Het woord '*believe*' komt overal terug en ik lees ook andere inspirerende teksten. '*Sharing is the biggest gift.*'

En dan, aan de andere kant, vind ik een klassieke etalage. Naast me is een man aan het filmen en hij levert commentaar, waardoor ik te weten kom dat deze display 'Yes, Virginia, there is a Santa Claus' heet en dat die elk jaar terugkeert en gebaseerd is op de filmklassieker *Miracle on 34th Street*. Op de hoek van de straat staat iemand ongehinderd door het weer saxofoon te spelen. Een langzame versie van 'Let It Snow'.

En ik blijf staan. Ik weet niet hoelang. Het kan me ook niet schelen. Ik wil even helemaal niets anders dan hier staan en naar deze etalage kijken.

Na een hele poos loop ik langzaam weg en ik gooi wat eendollarbiljetten in de koffer van de saxofonist terwijl ik hem alvast '*Merry Christmas*' wens.

Op Herald Square kost het me drie pogingen om een taxi aan te houden, maar toch heb ik er relatief snel eentje te pakken. Ik heb nog tijd voor ik Lucy weer moet treffen en ik besluit naar Century 21 te gaan. Ik kies voor de *uptown*-locatie, omdat die minder druk schijnt te zijn.

Bij binnenkomst merk ik al dat ik een soort strategie moet bedenken. Het is lang niet zo groot als Macy's, maar er lijkt een soort goudkoorts te heersen onder de mensen die hier aan het shoppen zijn, voornamelijk vrouwen. Ik laat de etage met schoenen even aan me voorbijgaan en besluit me helemaal op de kleding te storten. En het is een walhalla, want ik zie de mooiste items en allemaal met megakortingen. Soms wel de helft minder! Ik heb een soort wishlist in mijn hoofd, met stukken die essentieel zijn ter aanvulling van mijn garderobe thuis, maar ondertussen loop ik tegen zoveel ander moois aan. En soms is de deal gewoon te goed om aan me voorbij te laten gaan. Ik weet dat dit stuk voor stuk kledingstukken zijn die ik eeuwig zal blijven dragen. Je kunt ze dus als investering zien. Er is hier alleen zoveel moois dat ik toch selectief zal moeten zijn.

Het boodschappenmandje op wieltjes dat ik achter me aan zeul om spullen waarin ik interesse heb te kunnen dragen, moet ik tijdens mijn *shopping spree* meerdere keren uitzoeken omdat het gewoonweg uitpuilt. De meeste vrouwen zijn hier ook in setjes of groepen, wat aan te raden is, want je hebt gewoon alle handen nodig die je kunt krijgen. En ik helemaal, aangezien ik mijn aankopen van Macy's ook nog bij me draag.

Uiteindelijk lukt het me kritisch te zijn. Ik leg wat spullen terug, met pijn in mijn hart, maar ik ben tevreden met wat ik uitgekozen heb. Ik heb een schitterende Philosophy-maxi skirt, drie DKNY-jeans (een boyfriend, een skinny en een flared model) en een DKNY-carpenter pants. Van Moschino heb ik een wollen jurkje gevonden dat ik werkelijk voor alle denkbare gelegenheden kan gebruiken, want ik kan het up- en downdressen zoals het me uitkomt. Ik ben superblij met de blazer in luipaardprint en het feestelijke paillettenjurkje van Badgley Mischka. En dan heb ik ook nog een petrol leren jasje van Just Cavalli gescoord. Een dieppaarse Missoni-trenchcoat met riem. En een paar kleine dingetjes, waaronder twee zonnebrillen (één Wayfarer- en één Cat eye-model), twee zijden shawls van Roberto Cavalli en een wollen exemplaar van Yves Saint Laurent.

Ik heb met mezelf afgesproken dat ik de schoenenafdeling links laat liggen, maar dan zie ik een meisje dat dezelfde maxi rok van Philosophy aan het passen is, die ze combineert met een paar laarzen die de look helemaal afmaken. Ik zie een schoenendoos van Kenneth Cole staan en rep me naar de schoenenafdeling, waar ik de rekken afspeur tot ik het merk tegenkom. Ik zie eerst allemaal kinderschoenen, dan platte schoenen. Maar ik zoek een laars in zwart suède, met een hoge sleehak, waar je benen eindeloos lang door lijken.

Ik zie ze eindelijk, onder aan het rek, maar mijn maat staat er niet meer bij. Ik kijk nog eens, en nog eens. Ik ga alle dozen langs, ook die op de planken erboven, voor het geval dat iemand ze verkeerd heeft teruggezet. Maar ze zijn er niet. Ik voel me zwaar teleurgesteld, al weet ik dat ik me niet aan moet stellen nu ik al zoveel moois in mijn mandje heb liggen. Maar toch. Die laarzen!

En dan – als geroepen – verschijnt dat meisje naast me en ze zet de laarzen terug. En ze zijn ook nog precies in mijn maat! Ik plof ter plekke op de grond neer en trek de laars aan. Het achterpand van de schacht is van rekbare stretchstof, waardoor ze heerlijk zitten en precies aansluiten. Ze komen tot net onder de knie en ze zijn zo sierlijk. Ik voel me ultiem vrouwelijk en elegant. Ik móét deze laarzen gewoon hebben. Ik zou er de andere drie paar die ik gekocht heb voor inwisselen. Nou ja, niet alle drie, dat is overdreven. Maar ik zou een van die drie paar zó terugbrengen als ik echt moest kiezen. Ik weet nu even niet welke, maar dat doet er niet toe, want... ik hou ze gewoon allemaal! Met een brede glimlach sluit ik aan in de rij. Gelukkig heb ik de limiet van Pauls creditcard opgehoogd voor ik hierheen kwam.

Oké, de ochtend is voorbijgevlogen en ik moet even wat eten nu. Ik vraag de taxichauffeur om me af te zetten bij Rockefeller Center. Dat is vlak bij Bryant Park, waar Lucy is, en er zijn vast lunchrooms genoeg. En ik wil de kerstboom bij de ijsbaan op Rockefeller Plaza zien.

De sneeuw is in de loop van de ochtend blijven liggen en vormt al een redelijk dik pak. Bij de ijsbaan aangekomen, blijf ik even staan, maar de kou is snijdend en ik kan mijn spullen bijna niet meer dragen. Ik twijfel over welke kant ik op zal gaan en begin dan maar lukraak te lopen, want alles is beter dan buiten blijven. Ik zoek iets waar ik even warm kan zitten om bij te komen van mijn inspannende ochtend. En liever niet bij een keten als Starbucks of Subway. Ik kom langs een restaurant dat Pulse heet en stap daar naar binnen en vraag om een tafel. De man die me ontvangt kijkt lichtelijk verbaasd – of is het onder de indruk? – naar al mijn tassen en leidt me naar een tafeltje aan het raam.

Ik bestel een chai latte en prop al mijn tassen onder de tafel en naast mijn stoel, aan de kant van het raam. Dan pas zie ik dat ik precies uitkijk op de *ice rink* met kerstboom. Ik kan niet geloven dat ik het zo perfect gekozen heb. Nu ik eenmaal zit, merk ik dat ik echt aan pauze toe was. En ik heb berehonger. Ik neem de soep van de dag om lekker warm te worden én een ceasar salad. En onder het wachten en tijdens het eten zit ik lekker naar buiten te kijken. Wat een heerlijk plekje is dit, zeg. Ik ben blij dat ik dit uitzicht van binnenuit kan bewonderen en niet – zoals de mensen daarbuiten – die teisterende sneeuw het hoofd hoef te bieden.

Langzaamaan laten steeds meer mensen het afweten. Als ik uitgegeten ben en met mijn tweede chai latte zit na te genieten, is het beduidend minder druk op het plein dan toen ik aankwam. Zowel op het ijs als eromheen beginnen mensen te vertrekken. Waarschijnlijk zijn de hardcore-achterblijvers allemaal toeristen die weigeren hun korte tijd in de stad te laten verpesten door wat sneeuwval. Ze blijven dapper foto's maken en streepjes op hun to-do- en to-see-lijsten zetten, terwijl de echte New Yorkers zich in hun piepkleine appartementen verschansen, met hun noodvoorraad ingeblikt eten en gebotteld water.

En over piepkleine appartementen gesproken: ik had eigenlijk al op zoek moeten zijn naar een hotelkamer. Er is hier vast wifi waarvan ik gebruik kan maken om een online reservering te doen. Waar zal ik beginnen? Ketens zoals DoubleTree, Westin of Novotel? Of de bekende, grote namen zoals het Plaza of Gansevoort Hotel?

Ik zoek in mijn handtas naar mijn telefoon, maar kan hem niet vinden in het vakje waar hij normaal zit. Soms stop ik hem per ongeluk verkeerd terug, dus ik grabbel in alle vakken en het duurt ontzettend lang voor ik het besef. Dat ik hem vannacht met een achteloos gebaar in mijn koffer gooide en er vanochtend helemaal niet aan gedacht heb om het ding alsnog op te laden. Hij ligt nog bij Kas en Luus thuis. En dat betekent dus dat Lucy me ook niet kan bereiken als ze klaar is met werken. En dan weet ik dus ook niet waar ik haar moet treffen. Ik sta op, want ik wil vlug afrekenen zodat ik naar Bryant Park kan gaan om haar te onderscheppen voor ze inkopen gaat doen. Ik weet de ober te wenken en geef hem mijn creditcard nog voor ik de rekening gezien heb. Tegelijk kijk ik op mijn horloge en er schiet een heet, paniekerig gevoel van mijn tenen naar het kruintje van mijn hoofd. Het is al drie uur geweest. Ik wist niet dat ik zó uitgebreid de tijd genomen had.

Ik graai al mijn tassen bij elkaar en zodra ik mijn creditcard terugkrijg, ren ik het restaurant uit. Ik besef dat ik geen fooi gegeven heb. Ze zullen me wel vervloeken hier, maar ik heb ergere problemen nu. Ik sta midden in een sneeuwstorm in New York City, in de eenentwintigste eeuw, en ik heb mijn smartphone niet bij me! Ik ben verdoemd!

6

Goed, de oplossing ligt natuurlijk voor de hand. Ik ga gewoon terug naar het appartement en dan wacht ik desnoods voor de deur tot Kas of Luus thuiskomt. Zo lang kan het niet duren voor Lucy haar inkopen gedaan heeft en als ze me niet kan bereiken, zal ze vanzelf wel snappen dat ik naar huis gekomen ben.

Ik ren aan de kant van Fifth Avenue naar buiten en ik zwaai met een arm vol bungelende tassen naar alles wat voorbij komt, zelfs als het niet eens taxi's zijn. Ik slinger per ongeluk een volle tas van Century 21 tegen een man, die ik in de haast en door de sneeuw niet eens gezien had.

'*Hey! Watch out!*' roept hij naar me.

'Sorry!' roep ik zonder nog om te kijken. Ik ben gefocust op alles wat geel is. Ik zwaai en zwaai en in de verte doemt een taxi op. Ik weet niet of hij beschikbaar is, want door de sneeuw kan ik de lichtbak bovenop niet goed zien. Ik stap een stukje de weg op en spring op en neer en dan begint hij vaart te minderen. Ik ren ernaartoe en trek aan het portier, precies tegelijk met de man die ik net bijna omverliep.

'*It's mine,*' constateert hij droog. '*I was here first.*'

'*You were not!*' Ik kijk hem boos aan. Eigenlijk weet ik niet wie eerder was, want ik heb die kerel amper zien staan, maar ik voel aan alles dat ik die taxi harder nodig heb dan hij. Ik zet mijn voet erin en probeer alvast wat tassen langs hem heen naar binnen te duwen.

'*Not cool, lady,*' zegt hij en hij grijpt mijn arm vast.

'Ach, rot op!' snauw ik tegen hem, niet eens de moeite nemend om Engels te spreken. 'Ga zelf een taxi zoeken, botte lul!'

'Botte lul?' herhaalt hij. Hij spreekt ook Nederlands. 'Ik dacht het niet, ik neem déze taxi, want er staat nu een groep jongeren op mij te wachten die ik veilig van Union Square naar de Upper West Side moet zien te brengen vóór de hele stad platligt.'

'*Make up your mind, people*!' roept de taxichauffeur naar achteren en meneer Botte Lul begint mijn tassen uit te laden en in mijn armen te proppen en dan glipt hij zo naar binnen.

'Nee!' gil ik. 'Nee! NEE!'

'Luister.' Hij verheft zijn stem niet, maar zegt het met zoveel overwicht dat ik toch mijn mond houd. 'Deze taxi is van mij. Ik weet niet waar je heen moet...'

'Het Flatiron-gebouw.'

'Dat is op de route. We kunnen de rit delen, of je stapt achteruit en wacht op de volgende.'

Ik gooi met een gefrustreerde kreet al mijn tassen naar hem toe en weet mezelf met veel moeite nog erbij op de achterbank te wurmen.

'*Two stops*,' zegt hij tegen de chauffeur.

Het duurt even voor hij tegen me begint te praten, maar ik maak het hem ook niet bepaald gemakkelijk door stuurs uit het raam te blijven kijken en hem volkomen te negeren.

'Normaal ben ik niet zo drammerig,' is het eerste wat hij zegt, 'maar...'

'Wel eens van de uitdrukking "dames gaan voor" gehoord?' vraag ik zonder hem te laten uitpraten.

'Sorry, maar zie jij hier ergens een dame?'

Nu kijk ik hem wel aan, zo hatelijk mogelijk.

'Als je dóór me heen had kunnen lopen, had je het gedaan. Ik denk dat ik fysiotherapie nodig heb voor mijn schouder...' – hij draait er opzichtig mee – '... aangezien je nogal zwaarbeladen was. En je excuseerde je nauwelijks.'

'Ik zei sorry.'

'Je mompelde iets onverstaanbaars en toen pakte je de taxi die ík aanhield.'

'Die jíj aanhield? Wie denk je dat die chauffeur eerder opmerkte? Het muizige mannetje in een grijzige jas in een sneeuwstorm? Of de springende, zwaaiende vrouw met haar armen vol felgekleurde tassen? Weet je wat, we vragen het hem even.' Ik buig me naar voren, maar hij beweegt met me mee om in mijn gezichtsveld te blijven.

'Én…' Hij heeft dat irritant gewichtige toontje weer. 'Je luisterde helemaal niet toen ik probeerde uit te leggen waarom ik zo'n haast had.'

'Ja, hallo! Wie heeft géén haast met dit kloteweer?'

'En dan heb ik het nog niet eens over je taalgebruik.'

'Nee, jij dan. Ben jij zo galant? Je leek wel een zeemeeuw met je "Mine! Mine! Mine!" En nog iets…'

Ik vergeet wat ik wil zeggen omdat hij opeens bulderend begint te lachen.

'Een zeemeeuw!' Hij gooit zijn hoofd in zijn nek en blijft dan achterovergeleund zitten. 'Dat is een goeie, ik heb iets met tekenfilms, *Finding Nemo* is top!'

'Mooi. Ik voel een band ontstaan.'

'Oké, wees maar sarcastisch.'

'Dat ik sarcastisch reageer, betekent niet per se dat ik ook sarcastisch bén.'

'En nog een wijsneus ook.'

Ik haal mijn schouders op. 'Als jij het zegt.'

'Je bent niet erg geïnteresseerd in anderen, hè?' zegt hij dan zomaar uit het niets, net nu hij wat aardiger leek door het lachen en alles.

'Waar baseer je dat nou weer op? Je kent me helemaal niet.'

'Daarom was het een vraag in plaats van een constatering.'

'Nou, het klonk anders verdacht veel als een oordeel,' zeg ik.

'Helemaal niet. Ik merk alleen maar op dat ik op basis van deze korte ontmoeting de indruk heb dat het vrij lastig is een conversatie met je aan te knopen. Het is maar een observatie, doe ermee wat je wilt.'

'Sorry, zei je wat? Want ik zie je lippen bewegen, maar het enige wat ik hoor is "blablabla".'

Hij blaast zijn wangen op en laat de lucht theatraal ontsnappen. ‘Ik geef het op. En ik zou maar beginnen met het bijeenrapen van die tassen van je, want je eindpunt komt in zicht.’

‘Dat weet ik heus wel,’ antwoord ik, al zat ik helemaal niet op te letten. Ik werp een blik op de taximeter.

‘O, doe geen moeite,’ zegt hij. ‘Je gezelschap was beloning genoeg.’

‘Ik betaal voor mijn deel,’ hou ik vol.

‘Prima, doe wat je wilt.’

‘Vertel me niet wat ik moet doen!’

‘Ik hoef je geld niet!’

‘Je krijgt het al niet meer!’

De taxi stopt en ik stap al tassen tellend uit. Ik hoor hem nog iets als ‘Fijne middag!’ tegen me roepen, maar het dichtslaande portier smoort zijn woorden en ik ga ervandoor. Ik baal ervan dat ik Lucy’s adres niet precies wist zodat de taxi me voor de flat kon afzetten. Nu moet ik het laatste stuk lopen.

Ik volg de weg die ik met Lucy afgelegd heb toen we hamburgers gingen halen, sla een paar keer af, kom langs de supermarkt waar ze me uitgebreid op wees. En dan twijfel ik opeens. Overal staan dezelfde soort gebouwen en ik weet niet zeker welke straat ik moet hebben. Ik loop een paar meter door, bedenk me dan en draai me om. Ik doe hetzelfde in de volgende straat. En de volgende. Het moet hier toch ergens zijn.

Intussen kan ik de snijdende kou op mijn gezicht bijna niet meer verdragen. Ik voel mijn voeten haast niet meer en het zou me niets verbazen als mijn vingers los in mijn handschoenen blijven zitten als ik die straks uittrek. Ik moet mijn hoofd erbij houden. Misschien ben ik een blok te vroeg afgeslagen en had ik na die supermarkt langer rechtdoor gemoeten. Maar ik weet één ding zeker en dat is dat ik er nu al tien minuten langer over doe dan laatst onderweg naar Shake Shack. Ik ben te ver doorgelopen. Ik moet omkeren en teruglopen langs de weg die ik gekomen ben. En als ik het dan opnieuw probeer… misschien dat ik dan… nee, niet 'misschien'... ik móét. Ik móét de weg dan herkennen, want ik weet het anders echt niet meer.

Eindelijk komt het Flatiron-gebouw weer in zicht. Ik sta stil. Hier kwamen we langs, dat weet ik zeker. En ik wéét dat het vlakbij was. Misschien ben ik in de war omdat we met de taxi een andere route moesten nemen vanwege al dat rottige eenrichtingsverkeer hier. Ik word gek. Ik word echt helemaal gek nu.

'*Are you okay?*' hoor ik achter me. Ik draai me om en zie een man staan met een steekwagentje vol in plastic gesealde pakketten.

'*NO!*' weet ik half schreeuwend, half huilend uit te brengen. '*I need your phone, can I please borrow your phone, sir?*'

Hij neemt me op, alsof hij mijn betrouwbaarheid probeert in te schatten.

'*I'm not gonna steal it!*' gil ik. Wat denkt hij nou? Dat ik ermee wegren, met de halve schoenenafdeling van Macy's in de ene en een volledige garderobe in de andere arm? Hoe ver denkt hij dat ik kom voor hij me inhaalt? Ik probeer mijn kalmte te herwinnen en vertel hem dat ik heel dringend iemand moet bellen, heel even maar, en terwijl ik zijn toestel krijg, besef ik het. Dat ik Lucy's nummer niet weet. Ik kan haar niet bellen, want haar nummer staat opgeslagen in mijn telefoon. Ik ken maar twee nummers uit mijn hoofd. Dat van mijn moeder. En dat van Paul. En hij is de enige die ik niet wil spreken. En zo wanhopig ben ik nog steeds niet. '*Thank you very much,*' zeg ik tegen de man voor ik hem zijn telefoon teruggeef en doorloop.

Niet veel later ben ik ongeveer wél zo wanhopig. Mijn volgende plan was naar Madison Square Park te gaan en onder een heater bij Shake Schack te wachten tot Lucy onweerstaanbare honger krijgt. Maar de hamburgertent is gesloten en ik vind het eng in het park nu er weinig mensen zijn. Ik loop weer naar buiten en kijk naar de ingang van de metro, waar ik misschien zou kunnen schuilen. Maar wie weet wat voor engerds er zitten en de kans dat Lucy me daar komt zoeken lijkt me nihil.

Ik besluit een kwartier te wachten. Langer kan ook niet, want dan vries ik waarschijnlijk dood. Letterlijk. En als Lucy me dan nog niet is komen halen, dan zoek ik een Starbucks – of wat dan ook – en dan... nou ja, stap voor stap... als ik warm zit, kan ik vast weer beter nadenken.

Ik blijf heen en weer lopen op West 23rd Street, van Fifth Avenue weer terug naar Sixth Avenue en daar de hoek om, waar een vestiging van Olive Garden zit, waarvan ik zeker weet dat ik die met Lucy gepasseerd ben. Ik ga daar schuilen. Ik moet érgens schuilen.

Het is inmiddels bijna uitgestorven op straat, wat ik echt een doodeng gezicht vind in deze stad. Ik haat New York. Ik denk dat er geen stad is die ik erger haat. Als ik terug bij Lucy ben – als ik haar ooit nog vind – dan boek ik geen hotel, maar het eerste het beste vliegticket terug naar huis. Alles is verdomme beter dan hier blijven.

Ik ben bijna bij het restaurant als ik een taxi aan zie komen. Misschien is dat een oplossing. Kun je een taxi net zo lang rondjes door het Flatiron-district laten rijden tot je de juiste flat gevonden hebt? De taxi mindert vaart en stopt voor me. Ik had mijn hand niet opgestoken. Ben ik zo ver heen dat ik niet meer weet wat ik doe? Of werkt mijn taxicharm zo goed dat ik mijn hand niet eens meer op hóéf te steken?

Ik gebaar dat hij door kan rijden, dat ik hier niet sta om een taxi te krijgen. Maar in plaats van dat hij optrekt, gaat de deur open en stapt die botte lul van zo-even uit.

'Ik dacht even dat ze een ijssculptuur voor je opgericht hadden vanwege je steun aan de economie van NYC, maar toen zag ik dat jij het zelf was. Wat doe je hier nog?'

Ik wil hem toesnauwen dat het hem niets aangaat en dat hij zich met zijn eigen zaken moet bemoeien, maar in plaats daarvan begin ik zomaar te huilen en tegelijk komt er een onafgebroken woordenstroom op gang en vertel ik dat ik de weg naar mijn vriendin niet weet en dat ik haar niet kan bereiken en dat ik niet meer weet wat ik in godsnaam moet doe-hoe-hoen. Opeens zit ik op de achterbank van de taxi, naast twee meisjes van ongeveer half mijn leeftijd. Mijn tassen gaan in de kofferbak van de taxi en de inmiddels iets minder botte lul stapt voorin in en neemt me mee. Ik heb geen idee waar we heen gaan en ik waag het niet om het te vragen, uit angst dat hij zich bedenkt en me hier laat staan.

Het uur daarop gaat als in een waas aan me voorbij. Eerst sta ik ergens nabij het Flatiron-gebouw op straat te vernikkelen. Dan zit ik in een taxi met vreemden die nauwelijks van mijn aanwezigheid opkijken en aan één stuk door tateren over... iets. (Ik kan werkelijk niets terughalen van de conversatie onderweg.) En nog wat later zit ik op een joekel van een bank – als dat is wat dit meubelstuk moet voorstellen; het zou ook een kingsize bed voor een stelletje reuzen kunnen zijn – met een gequilte deken om mijn schouders en mijn voeten in een met hete pitten gevuld kussen gestoken.

Ik ben in een gigantisch appartement terechtgekomen. Het is ruim en licht, ook al is er buiten door de sneeuwval inmiddels geen hand voor ogen meer te zien. In plaats van tegen een muur staat de bank waarop ik zit voor een stuk of zes manshoge ramen, die uitkijken op Central Park. Dat laatste is me verteld, want op dit moment is er totaal geen uitzicht waarneembaar. En we zitten hoog. Ik weet niet precies hoeveel verdiepingen dit gebouw heeft, maar dit is de bovenste. Dat maak ik op uit het uitgelaten gejubel over het dakterras, waar vanwege het weer niemand op mag van de botte lul.

Ik weet zijn naam nog steeds niet en het voelt inmiddels nogal ondankbaar om hem zo te blijven noemen, maar mijn hoofd is nog niet in staat een nieuwe associatie te maken. Ik neem me voor om het mijn eerste prioriteit te maken als mijn brein ontdooid is. Om dat proces te versnellen, neem ik kleine slokjes uit een beker warme chocomel die ik gekregen heb van een meisje. Ze heeft er piepkleine marshmallowtjes in gedaan. Ik weet niet zeker of ze hetzelfde meisje is dat naast me in de taxi zat. Er lopen er hier meer rond. Een stuk of vijf. En twee jongens. Of drie. Die vertrokken na binnenkomst meteen met hun grote duffeltassen naar boven en ik heb ze nadien niet meer gehoord of gezien. De meisjes wel. Die lopen de hele tijd heen en weer. Wisselen van kamer. Laten een spoor van spulletjes achter. En verzamelen zich ten slotte rond de achtpersoonsontbijtbar in het keukengedeelte van het appartement.

'Hé,' zegt Botte Taximan, terwijl hij naast me op de bank slash het reuzenbed gaat zitten.

'Hoi.'

'Gaat het weer een beetje?'

'Ja.' Ik stop eventjes met chocomelslurpen, maar blijf met mijn handen om de beker gevouwen zitten. 'Sorry dat ik zo over mijn toeren raakte.'

'Je wist niet waar je vriendin was, zei je.'

Ik schud mijn hoofd. 'Het is zo'n stom verhaal. Ik logeer bij vrienden die hier wonen. En ik was vergeten mijn telefoon op te laden, dus die lag nog bij hen thuis toen ik ging winkelen. Daar kwam ik natuurlijk veel te laat achter. Daarom had ik zo'n haast met die taxi. Lucy zou me bellen over waar we elkaar zouden ontmoeten, maar dat ging dus niet. Toen bedacht ik dat ik naar haar huis moest gaan, alleen wist ik het adres niet precies. Ik dacht dat ik de weg wel zou herkennen vanaf het Flatiron-gebouw. Maar ik raakte in de war en toen maakte ik alles alleen maar erger, want ik bleef maar verkeerd lopen. Alle flats leken op elkaar. En ik kon haar niet bellen! Toen ik een telefoon kon lenen van een voorbijganger, besefte ik dat ik haar nummer niet uit mijn hoofd ken!' Ik raak weer overstuur als ik eraan denk.

'Oké, rustig aan…'

'Lucy is vast ongerust. Misschien heeft ze me al als vermist opgegeven.'

'Is er iemand anders die we kunnen bellen?' vraagt hij pragmatisch. 'Iemand die dan contact met haar kan leggen?'

'Mijn man. Maar we hebben ruzie en dat is juist de reden dat ik hier ben en niet thuis. Ik wil hem niet bellen. En ik betwijfel sowieso of hij haar nummer heeft. Hij zou haar hooguit een mail kunnen sturen.' Ik vlieg op. 'Ik kan haar mailen!' Mijn chocomel klotst tegen de binnenkant van mijn mok door de onverwachte bewegingen die ik maak. 'Heb je een computer die ik even mag lenen? Of een iPad? Wat dan ook?'

'Ja, natuurlijk. Wacht even.'

Hij staat op en ik schop het pittending van mijn voeten en volg hem naar een lange eettafel, ook voor acht personen, aan de overkant van de kamer. Ik zet mijn beker neer en hij schuift een laptop naar me toe. Gretig vliegen mijn vingers over het toetsenbord en ik open half staand mijn Gmail-account, met één knie op een eetkamerstoel leunend.

'Zittend gaat het even snel, hoor,' zegt hij terwijl hij me aan mijn schouders op de stoel neerdrukt en zelf aan de andere kant van de tafel gaat zitten.

Ik typ koortsachtig een mail waarin ik zo snel mogelijk tot de kern kom. Ik zet *Oké!!!!!!* in de onderwerpregel en typ alleen de tekst: *Luus, ik ben oké, maar ik heb mijn telefoon niet bij me. Wat is je nummer? Dan bel ik je om alles uit te leggen. Sorry!!!!!*

Als ik klaar ben en op verzenden heb gedrukt, blijf ik naar het scherm kijken, steeds opnieuw mijn mail binnenhalend. Ik voel opluchting en ongeduld tegelijk. Ik hoop maar dat ze op het idee komt om haar mail te checken. Maar tegenwoordig ziet iedereen zijn mail toch op zijn telefoon? En ik weet dat Lucy niet zo dom is om haar telefoon helemaal leeg te laten lopen en in een koffer te dumpen.

Terwijl ik de pagina nog een keer ververs, bedenk ik opeens nóg een manier om contact te leggen. Social media. Ik open als een razende al mijn accounts, stuur haar een DM via Twitter, een persoonlijk bericht via Facebook, en ik zet een kort berichtje waarin ik haar tag op haar wall, met alleen de tekst: *Luus, check je mail s.v.p. XXX.* Daarna leun ik achterover en zit er niets anders op dan te wachten.

7

Geduld is niet een van mijn best vertegenwoordigde eigenschappen, maar ik besef dat er vervelender plekken zijn om te wachten dan hier. Mijn warme choco wordt bijgevuld en afgetopt met nóg meer marshmallows en ik probeer mijn tijd een beetje te benutten door te ontrafelen hoe het zit met al die mensen hier.

Ik ben er inmiddels achter dat het gaat om jongeren die het derde jaar van een of andere private, fancy theateropleiding doen. De inmiddels-niet-meer-zo-botte taximan stelt blijkbaar nogal iets voor in de danswereld en hij is een van de docenten die hen klaarstoomt voor het artiestenvak. De leerlingen noemen hem Berk. Ik heb geen idee waar dat voor staat, maar het blijft hangen en ik merk dat ik het in gedachten al aan het overnemen ben.

Die jongeren zijn een verhaal apart. Degenen met realistische toekomstverwachtingen willen de musicalwereld in, sommigen hebben zelfs al ervaring opgedaan in het ensemble bij grote voorstellingen. Maar voor sommigen is zelfs die droom te klein. Zo sprak ik net een meisje dat volgens eigen zeggen de nieuwe Beyoncé gaat worden. Ze heet Bertie (wat ze uitspreekt als Burrrty) en niemand mag haar echt. Dat laatste weet zij niet volgens mij, want op een bepaalde manier vormt ze telkens het centrale punt in de groep en daar geniet ze zichtbaar van. Maar ik zie het. Dat de rest niet echt luistert als ze praat. Ze knikken maar een beetje en beamen alles wat ze zegt, maar ze lijken ondertussen meer – of in ieder geval een oprechter soort – aandacht te hebben voor het stille meisje dat aan de ontbijtbar achter een laptop zit.

Ze heeft een hartvormig gezichtje en lang donker haar in een knotje en zij is ook degene die voor de chocomel gezorgd heeft. Ik weet even niet hoe ze heet. Ik heb de namen Peggy, Kelly en Rosanna opgevangen. En Morris en Jaap, maar ik weet vrij zeker dat geen van die twee namen bij haar hoort. Verder wordt er veel over ene Jimmy gesproken. Ik weet niet wie dat is, tot er een gezicht op de laptop verschijnt waardoor het stille meisje ogenblikkelijk opleeft. En de anderen ook, want iedereen begint te juichen, te klappen en door elkaar heen te praten, terwijl ze elkaar rondom de computer verdringen om naar Jimmy te kunnen zwaaien. Zelfs Berk rept zich erheen om deel te kunnen nemen aan het gesprek.

Ondertussen wacht ik nog steeds op bericht van Lucy. Het is inmiddels al bijna een halfuur later en ik zou toch mogen verwachten dat ze iets alerter is op haar berichten onder deze omstandigheden. Ik had wel dood kunnen zijn, maar ze heeft het blijkbaar te druk met hamburgers hamsteren om zich om mijn lot te bekommeren.

'Nog niks gehoord?' vraagt Berk, als hij zich na een minuutje of wat heeft losgemaakt van het Skype-gesprek.

Ik schud mijn hoofd. Berk. Zou dat een afkorting van zijn achternaam zijn? Misschien heet hij Van Berkenstein of zo? Of Berkenhage. Berkendaal. Berkenblad?

'Je hoeft je geen zorgen te maken. Het ziet er toch naar uit dat je hier moet blijven vannacht, of je vriendin je berichtje nu wel of niet ontvangt. De sneeuwval wordt alleen maar heftiger. Nog even en er is geen doorkomen meer aan.'

Misschien is het geen bijnaam, maar heet hij gewoon zo. Dat kan natuurlijk ook. Gewoon Berk. Ik probeer een voornaam voor hem te bedenken. Ik vind hem wel een Simon-type. Simon Berk. Dat zou best kunnen.

'Je hoeft je niet bezwaard te voelen,' gaat hij verder. 'We hebben de ruimte.'

Het was nog niet in me opgekomen om me bezwaard te voelen. Pas nu hij het zegt, realiseer ik me dat ik zijn hulp bijna als vanzelfsprekend heb gezien. 'Dank je, maar jullie hebben al genoeg gedaan. Ik heb mijn creditcards bij me. Ik kan naar een hotel gaan...'

'Wil je die sneeuw nog eens trotseren? Je bent wel heldhaftig, dat moet ik je nageven. En een beetje naïef. Heb je niet gemerkt dat er al een hele tijd geen enkele taxi meer rijdt daarbuiten? Straks loop je per ongeluk Central Park in en verdwaal je daar.'

'Dat gebeurt me niet nog eens,' antwoord ik, maar ik moet toegeven dat ik inmiddels geen hand voor ogen meer zie als ik naar buiten kijk. 'Lucy ziet mijn bericht nog wel. En dan komen zij en Kas me halen.'

'Dan zullen ze te voet moeten komen. En het is een heel eind vanaf het Flatiron-district naar hier,' zegt hij. 'Ik weet niet hoe jij ertegenaan kijkt, maar ik zou mijn vrienden niet dit weer in sturen. Het is gewoon niet veilig nu.'

'Weet ik. Maar ik ken Lucy en ze voelt zich vast verantwoordelijk voor me.'

'Dit is overmacht. En daarnaast kan ik ook wel wat hulp gebruiken. Mijn collega die lesgeeft aan de NYC Academy of Theatrical Arts zit vast op Staten Island. De ferry gaat niet meer. En de treinen ook niet. Dus er is momenteel geen verbinding met Manhattan en ik zit hier in mijn eentje met dit zooitje ongeregeld.'

'Dus je bedoelt dat ik je een plezier zou doen door hier te blijven?' vraag ik. En dan zie ik plots een eentje verschijnen bij mijn Postvak In. Het is een mail van Lucy. *OMG eindelijk!* staat er. *Ik was zo ongerust! Waar ben je? Bel me! Nu!*

Ze heeft haar nummer in de regel eronder gezet en ik bel haar meteen met de telefoon van Berk die hij me geleend heeft.

'Eloise!' schreeuwt Lucy in mijn oor. Ze neemt zo snel op dat ze de kiestoon haast onderbreekt. 'Ben jij dat? Is echt alles goed met je?'

'Ja, ik ben het. Alles oké hier,' antwoord ik een beetje gelaten. 'Sorry voor alle...' Ik wil commotie zeggen, maar krijg de kans niet.

'Waar was je nou? En hoe kun je nu de stad in gaan en je telefoon hier laten liggen?'

'Ik was hem gewoon vergeten.'

'Zoiets vergéét je toch niet? Je had hem niet eens opgeladen!

En je kwam maar niet thuis. Ik dacht dat je verongelukt was. Of vermoord.'

'Nou, ik leef nog, dus chill even, chick.'

'Chill even?' krijst ze.

'Ik ben in orde,' herhaal ik. 'Maar ik kon niet thuiskomen, want ik wist je nummer niet en ik kende het adres niet uit mijn hoofd. En ik herinnerde me niet hoe ik vanaf het park moest lopen, dus toen verdwaalde ik een beetje, maar ik heb een aardige man ontmoet...'

'Je bent toch niet met een vreemde kerel meegegaan zeker? Wat als hij gestoord is? Waar zit je? Ik kom je nu halen.'

'Hij is niet gestoord!' zeg ik verdedigend en dan zie ik pas dat Berk nog steeds vlakbij staat en alles hoort. 'Nou ja, wel een beetje, eigenlijk. Maar hij is niet gevaarlijk. Ik zit bij hem thuis en er zitten hier ook een stuk of acht kinderen...' Ik besef plots hoe dat klinkt. 'Geen ontvoerde kinderen. Het zijn niet eens echt kinderen. Jongvolwassenen. Hij is leraar en met ze op studiereis. Ze zijn ook allemaal Nederlands en ze hebben een geweldig appartement aan de Upper East Side.'

'West Side,' verbetert Berk me.

'O, aan de West Side. Het is hartstikke chic en ik zit aan de warme chocolademelk en...' Nu ik het allemaal zo uitspreek, besef ik dat ik het best goed voor elkaar heb. Eigenlijk is het wel een opluchting dat ik vanavond niet terug hoef naar dat krappe flatje. Het staat nu vast nog voller met al het proviand dat Lucy ingeslagen heeft en dan komen al mijn nieuwe aankopen daar ook nog eens bij. Dat kan gewoon niet. Het kan fysiek niet. En ik moet bekennen dat het comfort hier iets hoger ligt dan bij Lucy en Kasper thuis. 'Ik red me prima, Luus. Zit maar niet over mij in.'

'Maar je spullen...' zegt Lucy verbaasd. 'Alles wat je bij je hebt staat nog hier.'

'Ik zit nu met vijf jonge meiden in huis. Ik zal heus wel wat toiletspulletjes kunnen lenen tot het ophoudt met sneeuwen.'

'Wie weet hoelang dat nog gaat duren,' antwoordt ze zorgelijk.

'Ik weet niet eens of ik morgen wel les kan geven.'

'We moeten het gewoon afwachten. Er is niets wat we er nu aan kunnen doen. Dit is overmacht, Luus. Laten we de situatie morgen opnieuw bekijken. Ik bel je nog, goed?' Het duurt nog even voor ik Lucy zover krijg dat ze ophangt, maar het lukt me door te beloven dat ik haar morgenvroeg bel zodra ik wakker ben. Ze lijkt mijn moeder wel. Na afloop geef ik de telefoon terug aan Berk. 'Het lijkt erop dat je nog even met me opgescheept zit.'

'Inderdaad.' Het ziet er niet uit alsof hij er erg mee zit. Volgens mij vindt hij me stiekem best leuk.

'Ik weet niet eens hoe je heet,' zeg ik.

'Noem me maar Berk, dat doet iedereen,' antwoordt hij.

'Hmm.' Daar word ik natuurlijk niet veel wijzer van. 'Oké, Berk. Ik ben Lois.' Als hij geheimzinnig doet, kan ik dat natuurlijk ook. En ik heb zo'n voorgevoel dat ik het als Lois beter naar mijn zin zal hebben in New York dan als Eloise.

'Oké, jongens! Luister allemaal heel eventjes,' roept Berk en hij knipt met zijn vingers om de aandacht te krijgen.

Een voor een draaien de leerlingen zich om en Bertie rent naar boven om Morris en Jaap te halen, die zich na het skypen met Jimmy meteen weer in hun kamer teruggetrokken hadden.

'Ik heb gebeld met jullie docent en de workshops die gepland staan voor morgen gaan gewoon door. Dat betekent dat jullie om halftien verwacht worden in de dansstudio voor *The Broadway Experience*. Het eerste halfuur is een kennismaking met de Broadway-veteranen die jullie de komende twee weken zullen begeleiden en daarna gaan jullie knallen. Ik wil dat jullie echt laten zien wat je in huis hebt, dus dat betekent: vroeg gaan slapen. Ook jij, Morris.' Hij kijkt naar de langste jongen, die nu met zijn ogen rolt. 'De koelkast staat vol verse sushi, dus we eten wat en dan gaan we allemaal naar bed. Ik wil geen iPads, telefoons of laptops zien na tien uur 's avonds. Hebben we een deal?'

De groep gaat ietwat onwillig akkoord en stort zich daarna op de koelkast om er drie grote schalen sushi uit te toveren. Het ziet er heerlijk uit. Iedereen is het erover eens dat de kreeft-citroengrasrolletjes het allerlekkerst zijn. Maar de sushi met tonijn, garnalen en zalm gaat minstens zo snel op.

Ik neem maar drie stukjes. Die met kreeft en daarna een combinatie met avocado en truffelolie en eentje met komkommer. Maar het bevalt me niet zo. Na mijn uitgebreide lunch heb ik niet echt honger meer gehad, wat zou kunnen liggen aan de mokken chocolademelk die ik opheb en de handenvol mini-marshmallows die erop dreven.

Na het eten worden er twee gitaren tevoorschijn gehaald. Er wordt wat gekletst, gezongen en gespeeld, zonder dat er veel structuur in zit, totdat Bertie 'New York State of Mind' begint te zingen en iedereen haast automatisch met haar mee begint te doen. Ze spelen een kleine twintig minuten samen door, tot Bertie als eerste naar haar kamer gaat.

Ik sta op van mijn plekje op de bank en halverwege de hal waaraan de slaapkamers van de meisjes grenzen haal ik haar in. 'Hé, Bertie, wacht even. Ik heb op wat foundation en een lipstick uit mijn handtas na helemaal geen toiletspulletjes bij me. Heb jij misschien iets extra's dat ik kan gebruiken? Een tandenborstel, of een tubetje tandpasta? Wat dan ook?'

'Ik zal even kijken,' antwoordt ze, terwijl ze me eventjes van onder tot boven bekijkt. Dan loopt ze naar de badkamer, waar ze een grote beautycase opent. 'Trouwens echt iets voor Berk om jou hier mee naartoe te nemen.'

'Hoezo?' Ik kijk vanuit de deuropening toe hoe ze in wat vakjes rommelt.

'Nou, gewoon. Hij ontfermt zich nu eenmaal graag over mensen. Hij houdt van drama.' Dat laatste woord spreekt ze dan ook heel dramatisch uit.

'Dus dan is hij ook dol op jou? Aangezien jij de grote ster bent...'

Haar gezichtsuitdrukking verschiet van enigszins beledigd naar trots. 'Er wordt veel van me verwacht. Maar dat geldt voor ons allemaal en ik ben echt niet degene die de meeste aandacht nodig heeft in deze groep.' Ze houdt wat spulletjes van Rituals op reisformaat in de lucht. Een douchegel en een gezichtsreiniger. 'Is dit iets voor je?'

'Ja, prima. Ik heb maar een beetje nodig. Tot ik mijn eigen spullen heb.'

'Hou maar. Het meeste heb ik dubbel bij me.'

'Dan betaal ik je terug.'

'Oké,' zegt ze sceptisch. 'Wat jij wilt. Maar ik heb geen extra tandenborstel. Vraag het Rosa eens. Zij is de grootste controlfreak hier.'

'Rosa,' herhaal ik knikkend, alsof ik nog weet wie ze is.

Maar Bertie trapt er niet in. 'Rosanna, de prima ballerina van onze groep. Lang, zwart haar, dat ze nóóit los draagt. Jimmy's vriendin. Ze heeft veel talent. Echt een *triple threat*, maar ze is te onzeker.'

'Ben jij zenuwachtig?' vraag ik. 'Zo te horen hebben jullie een vol programma morgen.'

'Ja. Maar ik kijk ernaar uit. Ik ben er wel klaar voor. Moderne dans is mijn ding, dat scheelt. Rosa is meer klassiek geschoold en dat werkt haar soms tegen bij lossere stijlen. Het is vooral dankzij Jimmy dat ze zover gekomen is. Hij heeft haar echt vooruitgeholpen. Maar ja, hij is er nu niet. Ik hoop dat ze niet breekt onder druk.' Ze pakt een tube tandpasta en zet die voor de spiegel neer. 'Gebruik deze maar als je wilt, ik laat hem hier staan voor je. Ik ga nu naar bed. Ik heb altijd minstens acht uur slaap nodig, liever nog tien.'

'Oké, welterusten. En bedankt hiervoor.' Ik neem de spulletjes die ik gekregen heb mee. In het woongedeelte van de flat is het inmiddels een stuk rustiger. Morris zit nog wat op zijn telefoon te priegelen. Jaap, die net nog op zijn gitaar zat te tokkelen, is waarschijnlijk naar boven gegaan, waar de slaapkamers van de jongens zijn. En Rosa is bezig wat spulletjes op te ruimen.

‘Rosa,’ zeg ik terwijl ik wat lege glazen oppak om in de vaatwasser te zetten. ‘Bertie dacht dat jij misschien een tandenborstel voor me overhebt.’

‘O. Ja, natuurlijk. Ik heb er wel een voor je, maar het is maar een kleintje. Voor in mijn handbagage. Maar je mag hem hebben, hij is ongebruikt.’

‘Dat zou fijn zijn. En ik wil je nog bedanken voor de warme chocomel en dat je al mijn tassen mee naar boven gedragen hebt.’ Ik hoop van harte dat zij dat was. Ik zou beter op gezichten moeten letten. ‘Meestal ben ik wat georganiseerder, maar ik zat er even een beetje doorheen.’

‘Dat hebben we allemaal wel eens.’ Ze glimlacht. ‘Ik haal die tandenborstel voor je.’

Later op de avond zit ik nog even in een tijdschrift te bladeren. Verder is iedereen al naar bed, behalve Berk, die aan de eettafel nog wat op zijn computer aan het werken is. Blijkbaar gelden de regels die hij heeft opgesteld niet voor hem.

‘Hoe zit het nu eigenlijk met Jimmy?’ vraag ik, als het interview met een actrice die ik alleen van de film *Mean Girls* ken me niet langer weet te boeien. ‘Waarom kon hij niet mee?’

‘Door een blessure,’ antwoordt Berk en hij typt even door voor hij opkijkt. ‘Het is heel sneu. Hij heeft hier even hard voor gewerkt als alle anderen. Maar twee weken geleden is hij akelig gevallen.’

‘Tijdens het dansen?’

‘Nee, in het verkeer. Een auto zag hem over het hoofd en hij ging met zijn fiets over de kop. Hij is er verder goed vanaf gekomen, maar zijn enkel heeft een klap gekregen.’

‘Komt het wel weer goed?’

‘Daar reken ik wel op. Het is alleen moeilijk, want hij was in topvorm en hij kan nu niet op zijn oude niveau trainen. Dat is zwaar voor hem. Hij mag zich niet overbelasten, maar hij is tegelijk bang om uit *shape* te raken.’

'En nu gaat dit uitstapje ook nog aan hem voorbij.'

'Het is meer dan een uitstapje. Dit is de kans van hun leven. Ze worden twee weken getraind door de beste docenten. Sommigen hebben jarenlang met Bob Fosse zelf gewerkt.'

'Kon hij niet mee om de lessen vanaf de zijlijn te volgen?' vraag ik.

'Hebben we overwogen. Maar daar is de cursus te duur voor. En het zou hem alleen maar frustreren om niet mee te kunnen doen. Het is heel moeilijk voor een danser om niet alles te kunnen geven.'

'Dat snap ik wel, maar het lijkt erop dat zijn afwezigheid de hele groep ontwricht. Of nou ja, in ieder geval dat tengere meisje, Rosa. Hebben ze wat samen?'

'Ik hou me niet echt bezig met het liefdesleven van mijn leerlingen,' antwoordt hij met een lacherig trekje rond zijn mond. 'Ik weet dat ze hecht zijn. Maar we moedigen liefdesrelaties niet bepaald aan, dus als er wat speelt, zullen ze dat wel voor zichzelf houden.'

'Geloof mij maar dat er wat speelt,' zeg ik. 'Dat zie je zo.'

'Ik denk dat ik het interessanter vind om te horen wat er speelt in jouw leven,' antwoordt hij en hij staat op. Hij klapt de laptop dicht en loopt naar me toe. 'Wat brengt jou hier?'

Ik schuif wat naar de hoek van de bank als hij pal naast me komt zitten. 'Ik was aan wat tijd voor mezelf toe. En Lucy geeft altijd zo hoog op over deze stad. Ik wilde het allemaal eens met eigen ogen zien. Maar tot nu toe...' Ik kijk naar buiten, waar het nog onverminderd doorsneeuwt.

Blijkbaar spreekt er uit mijn gezichtsuitdrukking niet veel positiefs, want hij begint te lachen. 'Je vindt er niks aan? Echt niet? Dat heb ik echt nog nooit iemand horen zeggen. Dit is New York!'

'Nou...' Ik voel me een beetje in de verdediging gedreven, maar dan komt er ook iets strijdbaars in me naar boven. 'Ik begrijp werkelijk niet waar al dat gedweep op slaat. Het is maar een stad.

Iedereen doet zo overdreven, alsof we het over iets levends hebben, iets met persoonlijkheid, met een hart. Maar dat is niet zo. Het is een stad als alle andere, met gebouwen, wegen en – gelukkig– winkels. Want zonder dat laatste had ik het hier niet eens twee dagen uitgehouden.'

Hij kijkt me een tikkeltje verdwaasd aan.

'Ja! Dat meen ik. Iedere dag voelt hier als een week. Ik heb alleen nog maar sneeuw gezien. Het is zo koud dat het pijn doet! Dan ga ik nog liever op wintersport. Dan ben ik er tenminste op gekleed en is er nog de rush van een afdaling op een perfect pak knisperende hagelwitte sneeuw. Maar wat heb ik er hier aan? Ik ben toevallig vergeten mijn ski's in te pakken!'

Hij blijft maar lachen.

'Het is niet grappig bedoeld,' verduidelijk ik.

'Dat weet ik, maar... het ís wel grappig.'

'Dus jij hoort bij de fanclub?' vraag ik. 'Verrassend.'

'Natuurlijk. De eerste keer dat ik hier kwam, was voor mijn werk. Het was net nadat ik voor de derde keer Nederlands kampioen latin was geworden. Ik was nog niet zo lang bezig met lesgeven en ik kwam hier om een cursus voor docenten te volgen. Het was fantastisch. Tussen de lessen door deed ik straatoptredens met mijn toenmalige danspartner.'

'O, toenmalige? Dus jullie dansen niet meer samen?'

'Nee. En dat is precies de reden waarom wij relaties tussen de studenten afraden.' Hij kijkt even uit het raam. 'Het is lastig om een professionele relatie vast te houden als de persoonlijke op de klippen loopt. Het kan wel, maar... mij lukte het niet.'

Ik kan Paul momenteel ook niet om me heen velen. Het zou onmogelijk zijn om nu met hem samen te werken. Zeker als dat werk ook nog eens puur fysiek is, zoals bij dansers. 'Ik zou het ook niet kunnen verdragen.'

'En jij leek me nu net iemand die met elke situatie weet om te gaan. Zolang je je telefoon bij je hebt, tenminste.'

'Je trof me misschien op een wat minder moment,' geef ik toe.

'Ik ben eigenlijk hier om daaraan te ontsnappen, maar tot dusver ben ik daar niet erg in geslaagd.'

'En waaraan probeer je dan precies te ontsnappen?'

'Ik weet niet. Gewoon aan…' Ik maak een allesomvattend gebaar.

'Nou ja, of je het nu gelooft of niet, dit is dé plek om naartoe te vluchten. Je zit alleen met één probleem en dat is niet de sneeuwstorm…'

'Wat dan wel?'

'Of je nu thuis bent of hier in de geweldigste stad ter wereld…'

Ik puf een beetje minachtend.

'... je neemt wel jezelf mee.'

8

'Goed geslapen?' vraagt Berk, als ik die ochtend bijna als laatste aan het ontbijt verschijn. Het was een drukte van belang in de badkamer vanochtend, dus het leek me het beste om maar gewoon mijn beurt af te wachten en me tot die tijd nog even om te draaien in bed.

'Heerlijk.' Ik schenk mezelf een kop koffie in. 'Het is hier veel minder gehorig dan in de flat van mijn vrienden. Daar kun je de buren hun krant horen omslaan als je een beetje je best doet. En ik had nu een eigen bed in plaats van een tweezitsbank én ik werd niet midden in de nacht besprongen door een eng beest vermomd als huiskat.'

'Wauw.' Hij grinnikt. 'Je popelt vast om terug te gaan.'

'Nou. En het ergste is dat ik me nog heb opgedrongen ook. Ze hadden me helemaal niet verwacht en ik had weer niet verwacht dat het zó klein zou zijn. Lucy liet het altijd klinken als een heel paleis. Maar ja, waarschijnlijk lijkt alles een paleis als je zo verliefd bent als zij en Kasper. Ik zit ze alleen maar in de weg.'

Berk knikt begripvol terwijl hij naast me aan het aanrecht komt staan om zijn eigen koffiemok bij te vullen. 'Zoals ik gisteren al zei, hier loop je niemand in de weg. Je bent van harte welkom om nog wat langer in ons paleis te blijven. En als je zin hebt om te zien wat wij hier precies doen, kun je straks met ons mee naar de studio.'

'Echt?' Dat lijkt me eigenlijk wel gaaf. 'Ik ga meteen Lucy bellen.'

Gelukkig krijg ik haar nog te pakken voor ze aan het werk gaat. Haar tekenlessen gaan door, maar ze zijn allemaal verplaatst naar binnenlocaties. Ik geloof dat ze de hele ochtend op Grand Central

Station doorbrengt, dus ik heb alle tijd om met Berk en de anderen op te trekken.

'Ik sms je op dit nummer zodra ik klaar ben,' zegt ze, haar verhaal afsluitend. 'Dan kunnen we afspreken waar we elkaar zien.'

'Óf ik kom gewoon naar jouw flat,' opper ik. 'Als je me het precieze adres doorgeeft, tenminste, zodat ik een taxi kan nemen. Dan kom ik mijn spullen bij je ophalen…'

'Ophalen?' vraagt ze verbaasd.

'Ja, want toevallig had ik het er net met Berk over dat ik zoveel ruimte inneem bij jullie en hier is plek genoeg. Dus ik kan hier blijven en dan is het probleem voor iedereen opgelost.'

'Wil je daar blijven?' Ze klinkt alsof ik haar een heel vreemd plan voorleg.

'Ja. Het is geen probleem, zegt Berk. Hij is hier alleen met die groep kinderen, dus voor hem is het ook handig om wat hulp te hebben. Ik ga zo mee naar de studio waar de groep les krijgt en dan kom ik vanmiddag mijn spullen bij je ophalen.'

Lucy blijft heel lang stil.

'Ben je daar nog?' vraag ik.

'Ja, sorry. Ik ben gewoon een beetje verbaasd,' antwoordt ze. 'Je kent die mensen toch helemaal niet?'

'Nee, maar…'

'Eloise, laten we dit later bespreken. Ik moet nu weg en dit is allemaal een beetje…'

'Dit is gewoon handig, Lucy,' zeg ik voor ze haar zin afgemaakt heeft. 'Je maakt het onnodig moeilijk. Ik zie je straks, goed?'

'Goed,' antwoordt ze. 'Tot straks dan maar.'

De dansstudio is niet ver van het appartement. We gaan er met z'n allen te voet naartoe. De metro is nog niet in bedrijf en we komen onderweg ook geen enkele taxi tegen. Er is gisteren en vannacht een indrukwekkend pak sneeuw gevallen en er dwarrelt nog steeds wat naar beneden. Maar vergeleken met gisteren stelt het haast niets meer voor.

Het is eigenlijk wel gezellig om met de hele groep langs het American Museum of Natural History naar de studio aan Broadway te lopen. Ik sta zelfs even stil om een groepsfoto te maken van de hele club op het bordes, onder het standbeeld dat ik ken van de film *A Night in the Museum*. Daarna haasten we ons naar de studio.

Ik moet toegeven dat het fascinerend is om de groep in actie te zien. Ik merk dat ze allemaal zwaar onder de indruk zijn en dat ze – letterlijk – hun beste beentje voor zetten. Met gezichten vol spanning volgen ze de aanwijzingen van hun danslerares, een Aziatische vrouw die, ondanks een ongelooflijk frêle lichaamsbouw, een uitstraling en houding heeft die de hele ruimte vult. Ze schreeuwt instructies waar ik geen touw aan kan vastknopen, maar de leerlingen lijken daar geen enkele moeite mee te hebben.

Naast de groep van Berk zijn er nog meer studenten aan het werk. Ik tel ongeveer dertig mensen, waaronder een piepklein meisje, dat ik nauwelijks ouder schat dan twaalf, maar haar stem doet niet onder voor die van de oudere studenten. Ze weet zelfs Bertie te evenaren.

Het tempo van de les ligt hoog. Er wordt een routine op 'All That Jazz' geleerd en de leerlingen zijn gedwongen zich die razendsnel eigen te maken. En als het niet perfect uitgevoerd wordt, moet het opnieuw. En opnieuw. En opnieuw.

Ik weet dat dit een klas voor gevorderden is, maar dan nog moet dit een overkill aan informatie zijn. Al die pasjes, al die gebaren en details. En dan moet er ook nog zuiver gezongen worden en moet de '*delivery*' in orde zijn. Want het verhaal mag niet verloren gaan in alle danstechniek. Ze moeten dus ook blijven acteren. Ik denk dat ik nu pas snap wat Bertie bedoelde met die uitdrukking 'triple threat'. Deze kinderen leren zingen, dansen én acteren en ze moeten in alles even goed zijn.

Het lijkt me een dodelijk vermoeiend vak. Niet alleen conditioneel, maar vooral vanwege de continue druk om te presteren. Deze kids moeten de hele tijd uitblinken. En ook nog eens op elk gebied. Hoe zwaar moet dat zijn? Altijd de beste willen zijn. Moeten zijn.

En het gekke is dat ik me nu realiseer dat ik dat gevoel herken. Ik ben geen danser. Ik zing of acteer niet. Maar ik sta net zo verbeten in het leven als deze mensen. Als ik iets in mijn hoofd heb, moet het gebeuren; of het nu op mijn werk is, of in mijn relatie, of wat betreft mijn toekomstplannen in het algemeen.

Ik kijk naar Rosa. Verbeten is hét woord om haar gezichtsuitdrukking te beschrijven. Bij elke misstap, al is het een nauwelijks zichtbare beving, of een beweging die een fractie van een seconde verkeerd getimed is, vertrekt haar gezicht van zelfhaat. En opeens vraag ik me af of ze eigenlijk wel gelukkig wordt van wat ze doet.

Tegen het einde van de les voel ik de telefoon trillen. Ik zie dat ik een bericht van Lucy heb en loop even het danslokaal uit.

Kas en ik komen je spullen vanmiddag brengen, heeft ze me gestuurd, *ik voel me geruster als ik heb gezien waar je nu verblijft. Kun je er rond twee uur zijn?*

Omdat ik me op de heenweg goed heb ingeprent hoe ik terug moet lopen, en voor de zekerheid een briefje met het precieze adres in mijn jaszak gestopt heb, weet ik dat ik maar enkele minuten nodig heb om thuis te komen. Ik typ *oké* en een smiley en stuur daarna nog een sms met het adres dat ik op het papiertje gekrabbeld heb.

Ik ben net klaar als de deur van het lokaal opengaat en de mensen naar buiten stromen alsof er een stop uit een volle wasbak getrokken wordt. Iedereen loopt over van enthousiasme en er wordt op schouders geslagen en op ruggen gesprongen, terwijl iedereen zich als één persoon door de hal naar de kantine beweegt voor de lunch.

Hoewel. Iedereen behalve één. Rosa is de laatste die het lokaal verlaat en ze splitst zich onmiddellijk af van de rest. Ze loopt in de richting van de toiletten, maar in plaats van naar binnen te gaan, laat ze zich in de hal langs de muur op de grond zakken. Haar gezicht drukt tegen haar opgetrokken knieën en het lijkt of ze huilt.

De anderen zijn al bijna aan het eind van de hal. Berk heeft ook voor mij een plekje in de kantine geregeld, dus ik wil de groep volgen, maar dan bedenk ik me en keer ik om naar Rosa. 'Je was hartstikke goed,' zeg ik, wat duidelijk precies het verkeerde is om te zeggen. Ze kijkt naar me op alsof ik haar zojuist enorm in de zeik genomen heb. 'Vond je van niet?'

Ze laat een meewarig lachje horen. Wat weet jij er nou van, mens? Ze zegt het niet, maar ik hoor het toch.

'Ben je niet tevreden?'

Ze schudt heel langzaam haar hoofd. Volgens mij niet als antwoord, eerder om aan te geven dat ze niet kan geloven dat ik die vraag werkelijk stel.

'Volgens mij ben je een beetje te streng voor jezelf.'

'Ik weet dat je het goed bedoelt,' zegt ze met een felheid waar ze zelf van lijkt te schrikken, 'maar laat me gewoon maar even, oké?'

'Oké, als je liever even alleen bent, dan zien we je zo meteen bij de lunch...' Ik ben van plan om weg te lopen, maar juist dan laat ze haar hoofd weer zakken en begint ze echt te huilen, met schouders die op en neer gaan en gesmoorde snikken. Ik kijk even de hal in. Misschien moet ik Berk halen. Hij is hier vast beter tegen opgewassen. Maar ik wil ook niet weglopen nu zij hier zo verloren zit. Dus ga ik maar naast haar zitten.

'Ik kan dit helemaal niet,' zegt ze en ze klinkt als een klein, bang kind.

'Heus wel. Anders zou Berk je nooit meegenomen hebben. Hij heeft vertrouwen in je. Dat is niet voor niets.'

'Dat komt door Jimmy. Door hem leek het alsof ik het kon. Omdat hij zo goed is. Maar ik kan het niet alleen. In mijn eentje ben ik hooguit middelmatig.'

'Nou, als dát middelmatig is...'

'Je hebt geen idee.' Ze snift met haar hoofd nog naar beneden. 'Ik weet dat ik kan acteren. En mijn stem is bovengemiddeld. Maar niet zo goed als die van Bertie. En ik ben oké als ballerina. Maar dit is geen ballet. Ik ben geen moderne danser. Dat ben ik gewoon niet. En ik zie hier al die mensen fantastisch dansen...'

'En dat ontmoedigt je?'

Ze haalt haar schouders op.

'Nou, dan ben je misschien niet geschikt voor dit vak.'

Ze kijkt met een ruk naar me op, vol verontwaardiging.

'Ja,' ga ik rustig verder. 'Als je meent wat je zegt...'

'Sorry hoor, maar je kent mij niet eens. Ik train al mijn hele leven. Ik heb er alles voor over. En dan zeg jij dat ik niet geschikt ben?'

'Ja. Luister dan naar jezelf. Je traint al je hele leven, maar je bent nog steeds slechts middelmatig. En dan is er die Jimmy, een toptalent, zei je toch?'

'Jimmy is de allerbeste. Hij is zo goed, dat het pijn doet om naar hem te kijken.'

'Dus het allergrootste talent van de school kiest jouw middelmatige, miezerige persoontje uit om zijn energie in te steken... wat op zich al opmerkelijk is. En dan nog sta je hier te prutsen. Misschien zit het er dan simpelweg niet in.'

Ze staat in één soepele, ballerina-achtige beweging op. 'Jij hebt geen enkel recht om dat te zeggen. Je kúnt het niet eens beoordelen. Je weet niets van dans!'

'Nee, maar ik weet wel dat de kans erg klein is dat al die mensen die zo verschrikkelijk goed zijn – Berk, Jimmy, Bertie – zoveel vertrouwen in jou hebben als je er eigenlijk niets van kunt. Ik denk helemaal niet dat jij zoveel beter bent als Jimmy met je danst. Je vóélt je alleen beter. En daarom presteer je op vol vermogen.'

Ze kijkt me stilletjes aan.

'Het is rot dat hij er niet bij is, dat begrijp ik heus wel. Maar je bent hier voor jezelf. Je bent niet voor niets al zo lang aan het knokken. Je verdient deze plek en je staat er nu... en je zult het vertrouwen dat je normaal uit Jimmy haalt nu uit jezelf moeten putten. Het is niet anders.'

'Wat is er aan de hand?' hoor ik opeens naast ons en ik zie Berk staan. 'Ik miste jullie aan het buffet. Is er iets?'

Ik verwacht half dat Rosa zich huilend in de armen van Berk

stort en verraadt dat ik haar zo pedagogisch onverantwoord de les gelezen heb. Maar dat doet ze niet.

'We waren alleen even aan het praten,' antwoordt ze. 'Ik heb een beetje heimwee. Maar het gaat alweer.'

'Zeker weten?' vraagt hij.

Ze knikt.

'Goed. Dan nu eerst eten. En we bespreken die heimwee vanavond verder. Want het is zonde als je afgeleid raakt.'

'Eet jij ook met ons mee, Lois?' vraagt Rosa en ik sta verrast op. Ik heb een vriendin gemaakt in New York.

Er staat een gigantisch en übergezond buffet voor ons klaar. We kunnen kiezen uit wraps met hummus, paprika en gegrilde kalkoen, eiwit-omeletten met spinazie en salade met kip en geroosterde noten. Ik heb erge honger na mijn gebrek aan eetlust van gisteravond, dus ik neem de wrap én een omelet. En een stuk speltbrood. Ik ben blij dat ik uit zoveel lekkere en gezonde dingen kan kiezen en ik eet alles tot op de laatste kruimel op. Ik zou zelfs nog wel terug willen gaan voor nóg zo'n wrap. Maar dat durf ik toch niet. Ik heb al twee keer zoveel gegeten als de anderen. Zelfs Berk heeft het bij alleen die salade en een groene smoothie gehouden.

Na de lunch staat er voor de groep een lezing op het programma en daarna een workshop dictie. Ik vraag me af hoe ze daar een hele workshop aan kunnen wijden, maar ik zal het vanavond wel horen, want het is tijd om Lucy en Kasper tegemoet te lopen. Ik ga te voet vanaf Broadway de kant van het museum op. Inmiddels is er in sommige straten sneeuw geruimd, waardoor ik om de zoveel blokken een gigantische berg tegenkom waar sneeuwschuivers alles bij elkaar geveegd hebben. Groepjes kinderen spelen er naar hartenlust mee, maar verder is het echt beduidend minder druk op straat dan gisterochtend tijdens het winkelen.

Toch staat er iets verderop een sjofel uitziend mannetje hotdogs en pretzels te verkopen uit zo'n karretje. Ik vraag me af hoeveel mensen per maand hierdoor voedselvergiftiging oplopen, want ik kan me niet voorstellen dat het ook maar enigszins hygiënisch is. Maar als ik er voorbijloop, en joviaal door de man begroet wordt, kan ik niet anders dan toegeven dat het eten heerlijk ruikt. Ik voel de trek, die door de lunch pas net een beetje gestild was, meteen weer oplaaien. Er gaat een luid gerommel door mijn maag en ik heb ineens enorm zin in een hotdog. Ik moet mezelf echt beheersen om geen broodje E. coli bij die man te kopen, dus ik haast me om bij hem vandaan te lopen.

Opeens – hoewel ik me niet kan herinneren dat ik die op de heenweg ook gezien heb – sta ik voor de vestiging van Shake Shack aan Columbus Avenue. Dan snap ik het. Ik wil niet zomaar een hotdog. Ik wil die hotdog die Kasper had op mijn eerste avond hier. Ik kijk naar de rij, die tot net buiten de deur staat. Ik kom vast te laat als ik nu een tussenstop maak, maar ik moet. Mijn maag knort nu zo hard dat ik zeker weet dat ze het een blok verderop kunnen horen. Dus ik sluit achteraan aan. Voor een Shack-cago Dog. Of misschien twee.

Ik heb net tijd om naar de badkamer te rennen en heel snel mijn tanden te poetsen voor Kasper en Lucy er zijn. Ze bellen aan op het moment dat ik mijn mond aan het spoelen ben. Geen idee of het overdreven is om te denken dat ze kunnen ruiken dat ik bij Shake Shack gegeten heb, maar na alle bombarie die ik erover gemaakt heb, zou ik het toch gênant vinden als ze wisten dat ik net anderhalve Shack-cago Dog naar binnen gewerkt heb. Twee was achteraf toch een beetje overmoedig van me, dus ik heb een halve weg moeten gooien.

Kasper heeft mijn grote rolkoffer vast en ook nog een kleiner model dat ik niet herken. 'Ik weet niet hoe jij het voor elkaar gekregen hebt,' zegt hij, 'maar ik kreeg zelfs met grof geweld al je spullen niet terug je koffer in. Dus je mag deze zolang lenen.'

'Ik heb een speciale inpaktechniek,' antwoord ik, terwijl ik mijn bagage aan de kant zet tegen de muur waar ook nog steeds al mijn aankopen van gisteren staan. Ik zie Lucy kijken.

'Nou, tenzij je de inpaktechniek van Mary Poppins bedoelt, gaat het je niet lukken dát er ook nog bij te krijgen,' zegt ze. 'Zo te zien heb je je dag goed besteed gisteren.'

Ik had zin om Lucy mijn nieuwe aanwinsten te laten zien, maar daar zie ik nu maar van af. 'Willen jullie een rondleiding?' vraag ik ter afleiding en ik ga ze voor. Als ik ze van kamer naar kamer leid, lijken ze onder de indruk te zijn van alle ruimte en luxe hier, maar als ik theegezet heb en we op de reuzenbank zitten, zie ik Lucy toch weer zorgelijk kijken.

'Ik vind het wel wat raar. Je kent die Berk toch helemaal niet?'

'Nee, maar... nou en? Hij heeft me geholpen. En ik vind het wel gezellig met die kids. En zijn collega zit vast op Staten Island, dus tot de ferry weer gaat varen, is het voor hem ook handiger dat ik er ben.'

'Want?' vraagt Kasper. En als ik hem verbaasd aan blijf kijken, voegt hij eraan toe: 'Wat doe je dan precies?'

'Nou, vanochtend ben ik met de groep naar de dansstudio geweest. En er was een meisje dat het moeilijk had en ik heb haar opgepept.' Ik ben best een beetje trots op mezelf.

'Maar dat is jouw taak toch helemaal niet?' zegt Lucy. 'Straks gaat er iets mis en houden ze jou verantwoordelijk.'

'Er gaat niets mis!' roep ik uit. 'Kom nou, ik heb gewoon vrienden gemaakt. Ik kan er ook niks aan doen dat jullie dat zo moeilijk vinden, mij gaat het nu eenmaal makkelijk af. Oké?' Ze zijn allebei stil, waardoor ik me krengerig voel, terwijl zij toch degenen zijn die me de les zitten te lezen. 'Jullie snappen het wel als jullie Berk en de kinderen ontmoet hebben. Ik weet zeker dat jullie ze zullen mogen. Ik heb heus wel wat mensenkennis.'

'Ik beweer niet dat daar iets mis mee is,' antwoordt Lucy. 'Maar... wat vindt Paul hier dan van? Heb je hem eigenlijk al wel gesproken?'

Ik weet even niet wat ik moet zeggen. 'Hij weet niet dat ik hier ben,' geef ik dan toe.

'Dat meen je niet.' Lucy kijkt me strak aan.

‘Hij wilde afstand nemen. Nou, die heeft hij nu.’

‘Hij gaat vast dood van ongerustheid.’

‘Dan had hij niet weg moeten gaan. Hij wilde een poosje bij een vriend logeren en toen ik hem na een dag een berichtje stuurde, antwoordde hij dat hij “op deze manier niet bepaald tot rust kon komen”.’ Ik maak aanhalingstekens in de lucht. ‘Dus toen heb ik deze trip geboekt en volgens mij heeft hij me nog niet eens gemist.’

‘Gaat het daarom? Wil je Paul iets betaald zetten? Is dat waarom je die Berk zo leuk vindt?’

‘Ik vind Berk helemaal niet zó leuk.’

‘O nee?’ vraagt ze. ‘En daarom greep je de kans om hier te logeren meteen aan?’

‘Goed, ik wil best toegeven dat hij er niet verkeerd uitziet, maar als ik op een avontuurtje uit ben, doe ik dat niet in een huis vol jongeren. En trouwens, wat dan nog? Bepaal ik dat niet zelf?’

‘Lucy is alleen maar bezorgd,’ zegt Kas. ‘We willen niet dat je gekwetst wordt. Ik denk dat je je man moet bellen en dat jullie echt met elkaar moeten praten. Desnoods laat je hem hierheen komen en dan zijn wij er voor je om je bij te staan met wat dan ook. Je moet niet op de loop gaan voor je problemen, want als je straks teruggaat, krijg je ze toch op je bordje.’

Shit. Ik had het net zo naar mijn zin vandaag en nu heb ik het gevoel dat ik moet huilen. ‘Ik wil gewoon weer even mezelf zijn. Zonder gedoe. Ik mag toch wel eventjes simpelweg doen waar ik zin in heb?’

‘Ja.’ Lucy slaat een arm om me heen. ‘Natuurlijk mag dat.’

Ik besluit de ‘maar’ in haar stem te negeren.

9

We gaan naar buiten. Lucy lijkt zich maar niet op haar gemak te kunnen voelen in het appartement en het sneeuwt nog maar een beetje, dus dat kan ik wel aan. We lopen via West 72nd Street naar het park en Kasper wijst me het Dakota-gebouw aan, waar John Lennon gewoond heeft en waar hij voor de deur door een doorgedraaide fan werd doodgeschoten. Precies ertegenover ligt Strawberry Fields, het stukje park dat na zijn dood een gedenkplaats werd.

'Zo rustig zie je het hier niet vaak,' zegt Kasper terwijl we tussen de kale bomen door naar een open plekje lopen. Een spoor van voetstappen in de dikke, verse sneeuw loopt naar het midden, waar iemand een opening in de sneeuw heeft gemaakt om het woord IMAGINE te onthullen. Er zijn bloemen omheen gelegd, in de vorm van een peace-teken, maar die zijn ook alweer met een dun laagje poedersneeuw toegedekt.

'Ik hoor meteen het liedje in mijn hoofd,' zeg ik.

'Er staan vaak muzikanten hier,' zegt Lucy. 'Maar het drukst is het op zijn verjaardag en sterfdag. Dan staan mensen hier urenlang te zingen en muziek te maken. Heel bijzonder is dat.'

'*Imagine all the people*,' zing ik zachtjes, '*living life in peace*.'

Er valt een stilte en eventjes is er echt geen enkel geluid te horen op het ruisen van de wind door de besneeuwde takjes van de struiken na. Ik blijf even in mezelf staan neuriën en dan lopen we verder, langs Cherry Hill, waar het in de lente vol staat met kersenbloesem, maar waar nu een volkomen onaangeraakt, volmaakt pak sneeuw ligt. Het pad is door een enkeling betreden. Er zijn afdrukken van hondenpootjes in de sneeuw te zien en van laarzen met een grof profiel, zo te zien van een man. Maar de heuvel zelf is smetteloos wit. Het hele landschap is smetteloos wit, zo ver als het oog reikt. Tot aan het schattige bruggetje iets verderop dat over het water van The Lake strekt. En nog ver daarachter. Wit. Wit. Wit.

'Wauw,' fluister ik. Ik denk dat ik voor het eerst de term '*winter wonderland'* echt begrijp. Ik heb natuurlijk wel eens mooie sneeuwlandschappen gezien, tijdens wintersport of zo. Maar toch was dat anders. Dat waren kleine valleidorpjes en op een of andere manier verwachtte je het daar. Maar dit hier, zomaar midden in de stad... Dit beneemt me letterlijk de adem.

'Bow Bridge,' zegt Lucy terwijl ze achter me komt staan. 'Mooi hè?'

Ik knik en loop langzaam verder in de richting van de brug.

'Hé, je bent onder de indruk,' merkt ze op. 'Hé, Kas! We hebben iets gevonden wat indruk maakt op Eloise.'

'Nee maar!' hoor ik hem zeggen. 'Zo'n kleine brug? Ik had twintig dollar ingezet op Brooklyn Bridge en vijftig op het Vrijheidsbeeld.'

'Niet waar! Jij had op Times Square ingezet. Ík op het Vrijheidsbeeld. En Top of the Rock.'

Ik kijk even achterom voor ik de brug op loop.

Lucy probeert bij Kasper op zijn rug te springen en trekt hem bijna in de sneeuw omver. Ik hoor ze samen lachen en hij pakt haar rond haar middel vast en zwiert haar rond.

Ze gaan nog vallen, denk ik als ik merk dat de opgang van de brug nogal glad is.

'Eloise!' roept Lucy, met de slappe lach nog in haar stem. 'Kom hier, we maken sneeuwengelen.'

Ik doe alsof ik haar niet goed hoor en zwaai alleen wat. Ik ga echt niet met mijn dure jas in de ijskoude troep liggen rollen. Ik leg mijn hand op de reling van de brug, waardoor ik een dikke plak sneeuw wegveeg, die gedeeltelijk aan mijn handschoen blijft plakken. Midden op de brug blijf ik stilstaan. Ik kijk uit over het water, naar de bomen en de hoge gebouwen daarachter. Allemaal onder die witte deken. De bewoonde wereld lijkt mijlenver weg. Alle geluiden klinken gedempt, zelfs het gelach van Lucy en Kasper. Ik voel een klein steekje als ik even naar ze opkijk. En ditmaal niet omdat ik hun geflikflooi niet om aan te zien vind. Het lijkt alsof ik daar inmiddels aan begin te wennen. Het komt door Paul. Of liever gezegd door Paul en mij en dat ik me niet kan herinneren wanneer wij voor het laatst zo vrolijk en... lichtvoetig met elkaar omgingen.

Het is raar. Onze relatie hangt aan elkaar van de gedenkwaardige momenten. Vanaf het moment dat hij in ons afstudeerjaar tijdens een van de laatste feestjes van onze studentenvereniging op een tafel sprong en keihard riep: 'Dit meisje hoort nu bij mij!' We hadden nog maar een paar dates gehad en hij had zich moed ingedronken om mij te durven zeggen dat hij nu al smoorverliefd op me was en dat hij geen minuut rust had voor hij wist of ik hetzelfde voelde. Ik antwoordde met een kus en zei dat hij zich nu dan mocht ontspannen, en hij kon zijn blijdschap niet beheersen en sprong op de dichtstbijzijnde tafel.

Paul is iemand die altijd alles voor me uit de kast haalde. Sinds hij mij kent is hij zich beter gaan kleden en veel fitter geworden. Hij wil er goed uitzien voor mij en daarom zorgt hij nu veel beter voor zichzelf. En hij organiseerde aan het begin van onze relatie al aan de lopende band romantische uitjes, waar hij nooit mee opgehouden is. Nou ja, tot voor kort dan, maar ik denk dat de afgelopen maanden onze hoofden er allebei niet naar stonden. Hij nam me ook mee op luxe vakanties. Ik ben ten huwelijk gevraagd in Dubai, terwijl de zon onderging in de woestijn. En daarna kwam de grootse bruiloft, en het was haast vanzelfsprekend dat de volgende mijlpaal snel zou volgen.

Wat deden we ons best in het begin, om onze vrijpartijen gedenkwaardig en extra romantisch te maken. De perfecte setting voor de perfecte herinnering aan het verwekken van ons kind.

Maar toen dat niet gebeurde... leek het allemaal gewoon op te houden. We maakten geen plannen meer voor vakanties en dinertjes. Er lag niets groots en meeslepends meer voor ons in het verschiet. En zonder grootse plannen bleef er weinig over tussen ons.

En als ik dan nu kijk naar Kasper en Lucy, die samen stoeien in de sneeuw, dan besef ik plots dat het niet de grootse dingen zijn die ik mis bij Paul. Het zijn de kleine dingen waar het ons aan ontbreekt. We hebben nooit geleerd om blij met elkaar te zijn in een piepklein flatje. Kasper en Lucy vinden dat léúk. Lucy heeft er plezíér in om voor Kasper zijn lievelingskoffie te halen of zijn favoriete hamburger. Ze zijn helemaal niet bezig met het kopen van een droomhuis. Het plannen van een fantastische bruiloft. Het boeken van een verre reis. Ze zijn gewoon gelukkig. En daar hebben ze niks voor nodig. Ik durf zelfs te wedden dat ze ook nog intens tevreden zouden zijn als ze hun hele leven kinderloos zouden blijven.

Ik zie hoe Kasper Lucy's hand vastpakt. Ze rennen een stukje de heuvel op en laten zich naast elkaar op hun rug in de sneeuw vallen. Ze maaien met hun armen en benen heen en weer en ik hoor Lucy gillen door de kou en van pure... pret. En ik wil hier niet meer staan toekijken. Ik wil niet meer wachten op het volgende grootse moment in mijn leven. Ik wil wat Lucy heeft. En ik vraag me af waarom dingen die bij haar zo makkelijk lijken, bij mij zo moeilijk moeten zijn.

'Hé, wat is dit hier?' vraagt Berk verrast als hij met de kinderen rond halfacht het appartement komt binnenvallen. Het is meteen een chaos van neergeworpen tassen, jassen en dansschoenen en de een ploft neer op de bank, terwijl de ander meteen onder de douche duikt of achter de pc kruipt om het thuisfront bij te praten over de enerverende dag.

'Ik heb gekookt,' antwoord ik, roerend in een pan tomatensaus. 'We eten spaghetti, ik hoop dat dat goed is. Ik ken jullie dieeteisen niet precies, maar dit was op voorraad.'

'Volkorenspaghetti,' leest Berk van het pak dat naast me op het aanrecht ligt. 'Dus dat is prima.'

Ik zal hem nog even niet vertellen over het dozijn red velvet cupcakes van Magnolia Bakery die ik op aanraden van Lucy gekocht heb. 'Ik wilde iets doen om jullie te bedanken voor de gastvrijheid,' zeg ik. 'Jullie moeten weten dat ik die niet als vanzelfsprekend zie, ook al kwam dat in het begin misschien zo over. Jullie hadden me niet hoeven helpen.'

'Natuurlijk wel,' antwoordt hij. 'Sorry dat ik het zeg, maar je zag er behoorlijk radeloos uit. En zo laat je iemand niet langs de weg staan.'

'Maar ik had daarvóór echt heel onaardig tegen je gedaan. Als het andersom geweest was, was ik misschien niet voor jou gestopt.' En ik zeg 'misschien', maar eigenlijk weet ik dat wel zeker. Ik was hem waarschijnlijk hardop lachend voorbij gezoefd.

'Nou zeg! Natuurlijk wel!' zegt Berk. 'Het is bijna kerst, Lois. Waar is je kerstgedachte? Wel eens gehoord van "de goedheid van vreemden" en zo? Volgens mij onderschat je jezelf, jij had vast mijn laatste zwavelstokjes gekocht. Misschien maken ze volgend jaar wel een etalage bij Macy's over ons. Een prachtig klassiek kerstverhaal, dat zijn wij.'

De kookwekker gaat en het is tijd om de pasta af te gieten. 'We eten over tien minuten,' zeg ik met een glimlach.

Het is gek dat eten altijd beter smaakt als iemand anders gekookt heeft. Ik eet thuis ook altijd veel meer als Paul voor me kookt. Het is alsof je door de bereiding van het eten al verzadigd raakt. Ik eet zelf dus het minst van iedereen, maar toch zijn alle schalen leeg als ik ze afruim en als verrassing de red velvet cakejes opdien, waar iedereen – behalve Bertie en ik – zich meteen aan vergrijpt. Zij weigert omdat ze een ijzeren discipline heeft. En bij mij zou de anderhalve hotdog er nog iets mee te maken kunnen hebben dat ik oversla.

Een paar uurtjes later ben ik de eerste (na Bertie, natuurlijk) die naar bed gaat. Ik denk na over de plannen die ik voor morgen en de komende dagen heb. Er wordt vannacht nog meer sneeuw verwacht. Er wordt gesproken over een muur van sneeuw die deze kant op komt, dus het is nog even afwachten hoe begaanbaar de stad zal zijn. Maar zodra het kan, ga ik beginnen aan mijn plan. Ik moet New York voor me winnen. Ik wil de stad net zo leren zien als Lucy. Want misschien zie ik de andere dingen in mijn leven dan ook een stukje helderder.

10

De storm passeert ons die nacht langs het noorden. Manhattan krijgt net het staartje over zich heen, maar het sneeuwfront raakt vooral de staat New York aan de grens met Canada. Het schijnt dat huizen en wegen daar volkomen ingesneeuwd zijn geraakt, maar wij zijn alleen getrakteerd op een nieuw laagje verse poedersneeuw. Ik heb vannacht, nadat ik wakker werd van een ontzettende trek in zoetigheid, nog een tijdje met een deken over mijn schouders zitten kijken naar hoe de sneeuw naar beneden dwarrelde om de gore, smeltende troep op straat te bedekken. Met een cupcake in de ene en een warme chocomel in de andere hand genoot ik eigenlijk best wel van het uitzicht. En toen ik weer in bed kroop, was ik niet eens misselijk.

De volgende ochtend lijkt het alsof met die laatste sneeuwbui de kou ook ineens veel minder scherp geworden is. De dikke, melkachtig witte lucht begint hier en daar weer blauwe stukjes te vertonen en er schijnt een waterig zonnetje als ik buitenkom. Ik heb een plattegrond bij me, waar Lucy van alles voor me op gemarkeerd heeft. Ik heb met haar afgesproken bij de Pulitzer-fontein die vlak voor het Plaza ligt. Het is op loopafstand, maar ik ben nog niet op de hoek van de straat als ik gepasseerd word door een lege taxi en natuurlijk laat ik die niet aan me voorbijgaan.

Lucy staat al op me te wachten als ik aankom. Ze heeft de muts met die gekke pompon weer op haar hoofd en heeft in iedere hand een dampende beker Starbucks-koffie.

We wandelen via Fifth Avenue naar Times Square. Lucy heeft speciaal voor mij de winkelroute gekozen, maar ik hou het bij etalages kijken. Ik geef toe dat ik me bij Tiffany's wel eventjes écht moet beheersen om niet naar binnen te gaan, maar ik hou mezelf voor dat ik nog tijd genoeg heb om hier een keertje uitgebreid rond te snuffelen.

Op Times Square is het minder druk dan ik verwacht had, maar toch is het dringen om een plekje op de rode trap op Duffy Square te bemachtigen. Maar Lucy zigzagt behendig tussen groepen toeristen door en ploft bovenaan op een trede neer. De trap is vrijgemaakt van sneeuw en er staan laadwagens om de grote, ijzige klompen die door sneeuwruimers bijeengeveegd zijn op te ruimen en af te voeren.

We blijven even zitten kijken naar het majestueuze gezicht van die gigantische lichtreclames. Onze adem maakt wolkjes in de lucht terwijl we praten zoals we dat in geen tijden hebben kunnen doen. Als we het te koud krijgen van het stilzitten, staan we op en gaan we verder.

We belanden in Hell's Kitchen, wat vroeger blijkbaar een gevaarlijke wijk was, maar Lucy verzekert me dat we er nu veilig kunnen rondlopen, wat ik – gek genoeg – niet klakkeloos van haar kan aannemen. Ik kijk toch een beetje argwanend naar de voorbijgangers, terwijl Lucy vrolijk haar favoriete restaurantjes en winkeltjes aanwijst, zoals een bakkerijtje waar ze puur biologisch brood maken. Ze laat me een boekwinkeltje zien dat The Drama Book Shop heet, waar ze allerlei Broadway-gerelateerde boeken verkopen, zoals musical- en filmscripts. Ik koop een liedboek van de musical *A Christmas Story* voor Berk.

Daarna nemen we een taxi naar Greenwich. We hebben allebei honger en Lucy vertelt enthousiast dat ze een broodjeszaak heeft ontdekt waar ze baguettes met gegrilde bloemkool, auberginepuree, wortelrasp en een toefje chilimayonaise verkopen. 'Echt iets voor jou,' zegt ze terwijl ze de deur van het zaakje openduwt. Lucy neemt zelf een broodje met kruidige Cambodjaanse gehaktballetjes, dat overheerlijk ruikt.

Ik denk dat ik door de hamburger, hotdogs en de red velvet cake al zeker twee kilo ben aangekomen tijdens mijn drie dagen in New York, dus een broodje bloemkool lijkt mij de juiste keuze. En hoewel het nu niet bepaald klinkt als een feestje voor de smaakpapillen, is het echt veel lekkerder dan het klinkt.

Na de lunch moet Lucy zich haasten voor een werkafspraak en ik besluit nog even downtown te blijven. In Bleecker Street zitten veel leuke winkels en het is leuk om door de straten van West Village te slenteren. Gietijzeren brandtrappen aan de gevels, trapjes voor de uit *brownstone* opgetrokken huizen en eens geen wolkenkrabbers die het straatbeeld bepalen.

Bij de Bleecker Playground ga ik even op een bankje zitten en ik haal een zwart notitieboekje dat ik net bij Book Marc gekocht heb uit het witte tasje. Ik laat mijn vinger over de kaft gaan, langs de lijntekening van de skyline van New York. Dan sla ik het boekje open en op de eerste bladzijde begin ik puntsgewijs op te schrijven wat ik de afgelopen dagen gedaan heb. Ik zet er een blije of een treurige smiley achter, afhankelijk van hoe ik me erbij voelde. Dan stop ik het boekje terug in de tas en ik loop aan de andere kant van Bleecker Street terug, helemaal tot aan Carmine Street, waar ik een taxi wil nemen. Ik heb zin om rond te kijken in SoHo, maar ik heb geen puf meer om er helemaal heen te lopen.

Ik moet me even oriënteren voor me duidelijk is aan welke kant ik het beste kan staan om een taxi aan te houden. Ik wil net oversteken als ik getroffen word door een heerlijke geur die ergens achter me vandaan lijkt te komen. Als ik me omdraai zie ik iemand met een enorme *pizza slice* in de hand naar buiten komen. De man vouwt de punt in de lengte dubbel en neemt een grote hap. JOE'S PIZZA, lees ik van de gevel waar ik toevallig net voor sta. Ik herinner me dat Kasper die naam noemde tijdens mijn eerste avond hier. Zou hij dit zaakje bedoeld hebben? Of zijn honderden Joe's in deze stad een pizzatentje begonnen? Maar wat maakt het me uit welke Joe dit is? Ik kijk nog eens naar de pizzapunt in de hand van de man, die nu bij me vandaan begint te lopen. Het lijkt uren geleden dat ik dat broodje *roasted cauliflower* opheb. Ik ga naar binnen.

De hele week breng ik lopend en taxi rijdend door New York City door. Ik maak weer een uitstapje naar SoHo omdat ik de eerste keer voor mijn gevoel veel te veel leuke winkels en straatjes overgeslagen heb. En om een galerie te bezoeken die Lucy me aangeraden heeft. In het weekend neem ik Bertie en Rosa mee uit lunchen in een tentje in Little Italy waar ik eerder deze week met Lucy en Kasper geweest ben. (We kwamen Kate tegen. Het was pijnlijk.)

Ik ga naar het MoMa. En op een studievrije middag ga ik met Berk, Morris en Bertie naar het American Museum of Natural History, waar de grootste verzameling dinosaurusbotten ter wereld te zien is. Ik had eigenlijk niet zo'n zin in weer een museum, maar dat was voor ik besefte dat Berk het over echte dino-resten had. Denk je eens in: échte! Miljoenen jaren oude! Duizelingwekkend grote! Botten! Ik kan me niet eens indenken hoe het mogelijk is om te kijken naar iets wat miljoenen jaren oud is. En ik heb ook nooit de moeite genomen om me voor te stellen hoe groot één staartbotje van een huppeldepupposaurus precies is, maar dat is dus groot genoeg om niet te willen nadenken over hoe gigantisch dat beest werkelijk geweest moest zijn.

Om van de hele ervaring te bekomen móét ik daarna wel meteen door naar Tiffany's. Ik ga ook naar Wall Street om de stier te bekijken. Volgens Kasper zijn er twee soorten mensen op de wereld. Het type dat bij de Wall Street Bull op de foto gaat bij de voorkant van het beest. En het type dat de achterkant kiest. Als ik hem de foto laat zien, verbaast het hem niet tot welke groep ik blijk te behoren.

Ik ben niet meer mee geweest naar de workshops van de groep. Toen de storm voorbijgeraasd was, ging de Staten Island Ferry weer varen, waardoor Amy, de collega van Berk, eindelijk naar Manhattan kon komen. Ze logeert nu ook in het appartement, waardoor het nu wel erg druk is, maar daar zeg ik natuurlijk niets van omdat de meest logische oplossing zou zijn dat ik zou opstappen. Gelukkig heeft niemand dat nog geopperd, maar ik deel de kamer die ik eerst voor mezelf had nu wel met haar, wat eerlijk gezegd wel een beetje vreemd is, maar ergens ook het saamhorige kerstherberggevoel versterkt. En ze is aardig.

Afgelopen zondag heeft ze ons allemaal meegenomen naar de Staten Island Ferry en zijn we langs het Vrijheidsbeeld gevaren terwijl de groep op het buitendek 'Empire State of Mind' zong. We hebben ook twee Broadway-shows bezocht: *Les Miserables* en *Jersey Boys.* Naar die laatste heb ik Kasper en Lucy meegenomen en het was een geweldige avond.

Ik heb mijn notitieboekje steeds bij me. Ik schrijf erin als ik eventjes pauze neem in een koffietentje met een café latte of een chai-thee. In het begin schreef ik steeds op wat ik gedaan had en hoe ik me daarbij voelde. Na de tweede dag kwamen er alleen nog maar lachebekjes bij, waardoor ik eigenlijk wel tot de conclusie moet komen dat de stad me geaccepteerd heeft. Of misschien is het wel andersom. Ik ben het hier gaan waarderen en ik heb de afgelopen dagen veel over mezelf nagedacht. Daar heb ik ook over geschreven in mijn boekje. En nu schrijf ik aan Paul. Steeds als ik aan hem denk, of als ik hem mis, probeer ik dat te verwoorden. Het is een lange brief aan het worden. Ik weet nog niet of ik hem zal durven versturen.

'Ik vind dat we Jimmy hierheen moeten halen,' zeg ik op een ochtend als ik met Berk de ontbijtrommel opruim terwijl Amy met de jongeren een ochtendsessie tai chi op het dakterras doet.

'Haha,' zegt hij. Hij lacht niet. Hij zegt het gewoon.

'Wat "haha"? Is dat raar?'

'Niet raar. Maar je kunt zoveel vinden. Ik vind dat de kerstman dit jaar écht bij alle kindjes langs moet komen. Ik vind het nu onderhand echt eens tijd voor wereldvrede. En ja, ik vind dat Jimmy hier moet zijn. Ik vind dat hij géén ongeluk had moeten krijgen.

Maar ja, dat is wel gebeurd en hij is hier niet.' Hij haalt zijn schouders op, alsof de kous daarmee helemaal af is.

'Luister, Berk. Sommige dingen zijn ingewikkeld. Voor je kerstmanprobleem en de wereldvrede heb ik zo gauw geen pasklare oplossing, maar Jimmy hierheen halen voor de eindshow van *The Broadway Experience* is redelijk haalbaar.'

'Jij wilt een jongen zesduizend kilometer heen en weer laten vliegen voor het bijwonen van een optreden?'

'Hij kan ook eerder komen. Jullie zijn hier nog ruim een week. Als het een beetje meezit, kan hij nog zeker vijf, zes dagen blijven. Ik zie het probleem niet zo. Hij zou hier geweest zijn als hij niet aangereden was, dus hij heeft de benodigde papieren. Hij kan zo bij Jaap en Morris op de kamer.'

'En wat doet hij de hele dag in zijn uppie?' vraagt Berk. 'Hij kan niet meedoen met de lessen.'

'Maar hij kan toch gewoon met jullie mee? Als toeschouwer? Goed, hij zal best balen dat hij niet actief kan deelnemen, maar denk je dat hij thuis niet baalt? Hier kan hij tenminste nog iets opsteken. En ik zou niet weten waarom hij niet kan meedoen met de acteerlessen en zo. Er is genoeg voor hem te doen, maar dat is volgens mij het probleem niet eens. Dit is gewoon een gelddingetje. Het kost je te veel om hem hierheen te halen.'

'Nou, we hebben inderdaad geen geheime potjes om zomaar vliegtickets uit te kunnen delen aan onze leerlingen.'

'Dat is ook nogal onzinnig, want er was al op gerekend dat hij mee zou gaan. Zijn ticket zou binnen het budget van deze trip moeten vallen.'

'Lois, ik weet dat je het goed bedoelt,' zegt hij, 'maar na het ongeluk is in goed overleg met Jimmy besloten dat deze trip onder de huidige omstandigheden niet zinvol voor hem zou zijn. We vinden het allemaal jammer, maar...'

'Maar het is bijna kerst! En de groep mist hem. Ze zitten elke avond urenlang te skypen. En dan heb ik het nog niet eens over Rosa.'

'Rosa moet op zichzelf leren vertrouwen,' antwoordt hij. 'In feite is dit heel goed voor haar.'

'Ze is nog hartstikke jong, zelfvertrouwen moet groeien, Berk. En volgens mij helpt Jimmy haar daarmee.' Ik duw de klep van de vaatwasser dicht en leun tegen het aanrecht. 'Als ik het nou betaal?'

'Waarom zou je dat doen?'

'Omdat ik hier gratis mag verblijven. Een hotel zou veel duurder zijn geweest. Ik heb het geld en ik kan het missen. Dus als je niet binnen drie seconden met een steekhoudend tegenargument komt, zal ik je eens laten zien hoe kinderlijk eenvoudig dit probleem op te lossen valt.'

Het kost me twee dagen om Jimmy's komst naar New York te regelen. En alleen omdat hij er niet meer op gerekend had en ik op zijn bevestiging moet wachten dat hij op het aangewezen tijdstip het vliegtuig kan halen. De tickets zelf zijn binnen enkele minuten online geregeld en Berk zei dat Jimmy door het dolle was toen hij de bevestiging doorstuurde.

Wat ik belachelijk veel moeilijker vind, is een e-mail sturen aan Paul. Ik doe er dan ook al bijna twee dagen over om mijn gedachtekronkels, die ik tijdens mijn tochten door New York heb opgeschreven, om te vormen tot een samenhangende brief aan hem. Ik ben al aan mijn tweede zak paarse M&M's met amandel bezig. Die heb ik bij de M&M Store op Times Square gekocht, nadat ik de eerste zak dezelfde avond al bijna leeggegeten had. Ze hebben daar muren vol met die snoepjes. Ze verkopen ze in elke denkbare tint van elke denkbare kleur.

De tweede zak was bedoeld om mee naar huis te nemen. En die eerste zak was bedoeld om te delen met de meiden hier in huis. Daar is ook niet veel van terechtgekomen, want op een of andere manier kan ik mijn man niet mailen zonder met chocola omhulde amandelen in mijn mond. Ik heb al voor bijna vierentwintig dollar aan *customized* M&M's gegeten. En ondertussen heb ik het volgende aan Paul geschreven:

Paul,

Ik ben in New York en ik denk dat je niet eens weet dat ik weg ben. Of misschien weet je het wel, maar kan het je niet meer schelen waar ik ben. Het heeft enorm gesneeuwd hier. Een paar dagen lang lag het verkeer bijna stil en viel er weinig te beleven in de stad. Ik vond het hier niet echt leuk. Het is koud, overal is lawaai, je ziet alleen grijze gebouwen en soms moet je letterlijk knokken om een taxi.
Ik was niet bepaald vrolijk die eerste dagen. Eigenlijk kon ik maar één pluspunt aan de stad ontdekken en dat was dat hij ver weg was van jou. Verder bevielen alleen de winkels me. Je weet dat ik altijd ontspan van winkelen. Het is een soort yoga voor me. Laten we zeggen dat ik hier flink aan yoga gedaan heb. En misschien is dat maar goed geweest, want ik ben niet boos meer nu. Of eigenlijk nog wel, maar niet meer alleen op jou.
Ik zal eerlijk zijn: ik gaf jou overal de schuld van. Maar nu ik hier een paar dagen op mezelf aangewezen ben geweest, ben ik anders naar de afgelopen maanden gaan kijken. Ik ben ook anders naar mezelf gaan kijken. En daardoor zie ik nu iets in. Jij zit al jaren met mij in een sneeuwstorm vast. Ik dender maar door en jij bent al die tijd met me meegeraasd. En ik heb niet gezien dat je langzaam bedolven raakte. Ik wil zeggen dat het me spijt dat ik niet op jou gelet heb, zoals jij dat wel altijd op mij gedaan hebt.
Je hebt gelijk dat je aan de rem trok. En ik weet niet of we hier nog samen uit kunnen komen, maar ik hoop het wel. Ik wil nog steeds niets liever dan een kindje krijgen met jou. Als dat niet zou lukken, zou dat een groot verdriet voor me zijn. Maar dan kies ik jou toch.
Ik zie steeds die avond voor me waarop jij op die tafel sprong nadat ik je kuste. Ik ben bang dat je, als je dat moment nu over mocht doen, hard zou wegrennen. Ik hoop dat jij ook nog voor mij zou kiezen.

PS New York is zo erg nog niet als je bereid bent het een tweede kans te geven. Jij zou het erg naar je zin hebben hier. En ik vind alles leuker samen met jou. Als je mij een tweede kans gunt, kom dan zaterdagmiddag om 16.00 uur naar Bow Bridge. Je hoeft niet te antwoorden, ik zal er gewoon zijn, wachtend op jou.

11

Ik ben helemaal van slag. Ik dacht dat ik er wel tegen kon om niet zeker te weten of Paul hierheen komt. Maar het is bijna niet te doen. Ik weet eigenlijk niet eens of hij mijn mail überhaupt wel gezien heeft. En ik heb wel gezegd dat hij niet hoefde te antwoorden, maar dat was alleen om niet dwingerig over te komen. Zoveel moeite was het toch niet geweest om een kort berichtje terug te sturen? Met een kleine hint, of een paar geruststellende woorden. O, wat als hij nou echt niet meer met me verder wil?

Niet aan denken, zeg ik tegen mezelf terwijl ik het Badgley Mischka-jurkje dat ik bij Century 21 gekocht heb voor me hou. Ik moet me bezig zien te houden tot het tijd is om met de groep naar het park te gaan. We nemen de gitaren mee en dan gaan we eerst naar Strawberry Fields en daarna naar Bethesda Terrace. Amy en ik gaan mee, terwijl Berk naar het vliegveld gaat om Jimmy op te halen. We hebben de kinderen nog niets verteld, maar het is de bedoeling dat hij rechtstreeks met Berk naar Central Park komt, als verrassing. De slotvoorstelling is donderdagavond, kerstavond. En op tweede kerstdag vliegt de hele groep samen terug.

Ik kies het paillettenjurkje uit om te dragen tijdens de eindshow. Dat moet kunnen op kerstavond. Ik stem wel even met Lucy af dat zij ook iets feestelijks aantrekt. Voor haar en Kas heb ik ook kaartjes geregeld.

Ik hang het jurkje op een hangertje in de kledingkast die ik met Amy deel. Ik heb mijn nieuwe aankopen al die tijd in de tassen laten zitten en aan het voeteneind van mijn bed laten staan. Ik besluit alles eens netjes op te vouwen. Terwijl ik nette stapels op mijn bed maak, schrik ik nogal van mijn eigen aankopen. Ik was vergeten dat het zóveel was. Waarom moet ik die zijden shawls bijvoorbeeld allebei hebben? Ik vind ze nog steeds prachtig, maar was eentje niet genoeg geweest? En dan al die schoenen. Ik zet ze op een rijtje voor mijn bed. Ik zou nog een paar terug kunnen brengen. Maar mijn hoofd komt meteen met allerlei tegenwerpingen. *Dat was een koopje! Die zijn zo multifunctioneel!* Met een zucht zet ik de met nepbont gevoerde laarsjes in de kast. Die trek ik straks aan. De platte schoenen en de witte crochetlaarsjes haal ik uit de dozen en stop ik alvast in de koffer. Samen met wat andere items die ik hier niet ga dragen. Lucy had gelijk. Ik heb een Mary Poppins-koffer nodig om hier met al die spullen weg te komen.

Ik herschik wat spullen en probeer alle ruimte maximaal te benutten. En terwijl ik hier wat verplaats en daar wat tussen prop, als een puzzel die maar op één manier in elkaar past, blijf ik opeens als bevroren zitten. Ik heb een klein doosje in mijn hand. Mijn tampons.

Eerst doe ik helemaal niks. Het is alsof mijn gedachten los zijn komen te staan van mijn vermogen om tot actie over te gaan. Ik zie de kalender voor me die thuis in de keuken hangt en alle kruisjes die ik daar steeds op zette om mijn cyclus bij te houden. Ik weet precies wanneer ik die tampons nodig gehad zou moeten hebben. Welke dag is het vandaag?

Ik spring op en gris mijn agenda uit mijn tas. Zes, zeven, acht… Ik blader terug. Ik tel nog een keer. Negen. Tien. Elf. Elf dagen. Elf dagen! Hoe kan ik dat gemist hebben? Struikelend over mijn eigen voeten trek ik mijn Uggs aan. Ik moet mijn jas hebben. En een sjaal. En een taxi. Ik pak mijn tas en trek de telefoon van de oplader. 'Lucy!' gil ik zodra ze opneemt. 'Ik moet je zien. Ik kom nu naar je toe! Ik heb je nodig!'

Onderweg stop ik bij Duane Reade en ik vraag de taxichauffeur de meter te laten lopen en op me te wachten. Ik gris ongeveer zes verschillende testen uit het schap. Twee van Clearblue, waarvan één speciaal voor in een vroeg stadium. En voor de zekerheid neem ik er ook nog een paar van andere merken: Walgreens, e.p.t en First Response. Goed, het zijn er dus vijf. Vijf testen. Ik ren naar de kassa, reken af en spring weer in de taxi. Deze keer weet ik Lucy's adres precies. En deze keer staat ze me buiten bij de voordeur van haar flatgebouw al op te wachten, blazend op haar koude vingers.

'Wat is er?' roept ze terwijl ik met trillende vingers mijn creditcard aan de chauffeur overhandig.

'We moeten naar je badkamer!' roep ik terug.

'Naar mijn badkamer?'

'Ja!' Ik kom naar haar toe gerend en druk de papieren zak van Duane Reade in haar handen. 'Kijk!' Ik begin de trappen op te rennen naar haar appartement.

'Eloise!' gilt ze en ze pakt mijn arm vast op de derde trap. Ze staart me met opengesperde ogen aan. 'Denk je echt...?'

Ik laat mijn jas openvallen en trek mijn truitje strak over mijn buik. 'Moet je zien!'

Lucy kijkt me weifelend aan.

'Zo dik is mijn buik nooit!' Ik loop weer door en tel ondertussen op mijn vingers af. 'Ik heb de hele tijd trek in junkfood. Soms kan ik mijn eten niet op, maar even later snak ik naar zoetigheid. En ik kan niet langs een vestiging van Shake Shack lopen zonder een hamburger of een hotdog te bestellen. Na dat broodje bloemkool van laatst ben ik stiekem een pizzapunt gaan halen!'

'Jeetje, dat klinkt ernstig,' zegt Lucy. Ze opent de deur van haar flat. 'Dat klinkt als mij.'

Een klein halfuur later staat Lucy bij me in de badkamer. Ik zit op de gesloten toiletbril en voor me op de grond liggen drie tests. Ik zou ze alle vijf gedaan hebben als mijn plas niet opgeraakt was, maar de uitslag is hoe dan ook wel duidelijk. Eentje zegt het met twee roze streepjes, twee andere met een blauw plusteken. Maar de betekenis is in alle gevallen hetzelfde. Ik ben zwanger.

Ik vergeet bijna mijn afspraak met de kinderen in Central Park. Jimmy is waarschijnlijk al geland, maar met het hele douanegedoe erbij heb ik nog wel even de tijd. Ik stuur een berichtje naar Amy dat ik rechtstreeks naar het park kom en dat ik ze daar ontmoet.

Ik laat de taxi bij de ingang aan West 72nd Street stoppen en loop daarna gewoon het geluid van gezang en gitaren tegemoet. Ik laat me op een van de bankjes zakken en luister naar de liedjes van de Beatles die de groep ten gehore brengt. Soms blijven er groepjes toeristen staan luisteren. En een jongen met een kek hoedje op zijn hoofd en een gitaar op zijn rug sluit zomaar voor twee liedjes bij de groep aan, voor hij rustig het park uit kuiert.

Ondertussen kan ik alleen maar met een grote grijns op mijn gezicht toekijken. Ik voel me los van alles, zwevend in mijn eigen bubbel. Na een uurtje zijn de kids zo ongeveer door hun Beatles-repertoire heen en we lopen door naar Bethesda Terrace, dat uit twee verdiepingen bestaat.

We lopen langs de fontein, onder de bogen door, waar de akoestiek ideaal is voor kerstliedjes, zo blijkt als Bertie spontaan 'The Twelve Days of Christmas' begint te zingen. Het is zó mooi dat er overal toeschouwers vandaan lijken te komen. Bij de vijfde kerstdag staan er tientallen mensen om ons heen. Het publiek begint ook nog mee te zingen en de samenzang van de kinderen is zo huiveringwekkend mooi dat het bijna bovenmenselijk klinkt.

We zijn bijna bij het twaalfde couplet als ik achter de mensenmenigte Berk zie opduiken met een knappe jongen naast zich, die ik tot nu toe alleen via Skype heb gezien. Maar ik herken hem meteen.

Berk en Jimmy zijn net de trappen afgedaald vanaf de Mall en de groep heeft hen nog niet opgemerkt. Langzaam werken ze zich door de rijen toeschouwers naar voren en ik hoor Berk meezingen: '*Twelve drummers drumming, eleven pipers piping...*' En dan valt Jimmy hem bij: '*Ten lords a-leaping, nine ladies dancing...*'

Het lijkt of Bertie zijn stem als eerste herkent. Ze kijkt op en ze geeft Rosa een por. Die slaakt een kreet en schiet naar voren alsof ze door een katapult gelanceerd wordt. Jimmy vangt haar op en wordt meteen ook besprongen door Morris en Jaap, wat allemaal niet goed voor die enkel kan zijn, maar iedereen is blij en niemand zingt meer behalve Bertie, tot Jimmy bij '*five golden rings*' de boel weer probeert op te pakken en de groep het liedje gezamenlijk afmaakt. 'Dat einde was slordig,' zegt Bertie dan. 'Even van het begin af aan!'

'Voel je vrij om toe te geven dat ik gelijk had,' zeg ik tegen Berk. 'Fairytale of New York' galmt nu onder de bogen van Bethesda Terrace.

'Ik heb nooit beweerd dat het een slecht idee was,' antwoordt hij.

'Niet terugkrabbelen, Berk!' Ik geef hem een por. 'Geef je ongelijk toe als een man.'

'Oké dan.' Hij steekt zijn handen met een gebaar vol onschuld in de lucht. 'Ik had het mis.'

'Dat is wel erg magertjes.'

Hij lacht. 'Wat wil je dat ik doe?'

'Weet ik niet. Bedenk zelf eens wat.'

'Nou, ik vind het wel tijd worden om een koffietentje op te zoeken en even op te warmen. Ga je met ons mee? Ik trakteer.'

'Eigenlijk,' zeg ik op een geheimzinnig toontje, 'heb ik andere plannen.'

'Wat voor plannen?'

'Een date,' antwoord ik. 'Met mijn man. Althans, dat hoop ik. Ik heb hem gevraagd te komen, maar nou ja… het is nogal een eindje reizen voor een afspraakje.'

'Je weet niet of hij er is?' vraagt hij.

Ik schud mijn hoofd. 'Maar ik hoop het wel.'

Berk kijkt me een lange tel aan. 'Hij komt wel. Maak je geen zorgen.'

'Dat klinkt overtuigd,' zeg ik met een schamper lachje. 'Hebben jullie toevallig een taxi gedeeld vanaf het vliegveld? Heb je hem hier achter een boom verstopt?'

'Nee, maar ik denk gewoon niet dat iemand jou zomaar zou laten staan. En mocht hij dat wel doen…' – hij steekt zijn hand uit en strijkt een plukje haar van mijn voorhoofd – '... dan trakteer ik niet op koffie, maar op cocktails. En dan ben je hem zo vergeten.'

'Dat betwijfel ik,' zeg ik en het kost me moeite om mijn hand niet naar mijn buik te brengen. 'Maar ik waardeer de gedachte.'

Hij glimlacht en wil zich omdraaien naar zijn leerlingen.

'Hé, Berk?'

Hij blijft staan.

'Hoe kom je nu eigenlijk aan die naam?'

'Zo noemen mijn studenten me.' Hij grinnikt. 'Ik leg veel nadruk op de Graham-techniek. Daarbij gaat het om hoe je als danser contact maakt met de aarde. Je moet de grond niet loslaten, maar cultiveren als het verlengde van je bewegingen. Aarden is een van de pijlers van moderne dans, dus vandaar de vergelijking met een boom. Berk.'

'Aha,' zeg ik. 'Het is dus... nogal een insidersgrapje.'

'Zoiets.'

'Maar het past wel bij je. Ik zou de bijnaam houden.' Ik begin achteruit te lopen. 'En een simpelere uitleg bedenken.'

Het is niet zo ver naar Bow Bridge. Ik ben vroeg. Stiekem hoop ik dat hij dat ook is en dat hij er al staat als ik aan kom lopen. Maar dat is niet het geval. Er lopen wat mensen over de brug, maar Paul is er niet bij. Ik ga even op een bankje zitten, iets bij de brug vandaan. Ik kan hem vanaf hier van beide kanten zien aankomen. Het is alleen een kwestie van wachten.

Dat doe ik een uur lang. Om precies vier uur loop ik naar de brug en ik blijf in het midden staan, met mijn rug tegen de leuning. *Hij komt wel,* denk ik nog een hele tijd. Maar uiteindelijk begint het al te schemeren. *Ik wacht tot halfvijf,* neem ik me voor. Maar als het zo laat is, blijf ik nog tien minuten staan. Ik zie het langzaam donker worden en in hetzelfde tempo begint het me te dagen dat hij er niet is.

'Het is oké,' zeg ik tegen mezelf. We praten het wel uit als ik straks thuis ben. Alles is anders nu. Als hij straks het nieuws hoort… als hij weet dat we een baby krijgen… Ik slik. Het zou alleen leuker geweest zijn als hij ook voor mij gekozen had, los van de zwangerschap. Ik kijk nog een keer in beide richtingen voor ik de brug af loop naar Cherry Hill. Er begint zich al een nieuw plan te vormen. Ik ga eerder naar huis. Ik hoef niet per se te blijven voor de eindshow van de kids. Ik had niet van Paul moeten vragen weer een groots gebaar te maken. Ik moet naar hem toe. Ik moet mijn liefde aan hem bewijzen. Dan komt alles goed. Ik denk aan het nieuwe leven in mijn buik. Alles is goed. Ik boek vandaag nog een ticket naar huis. Die gedachte lucht me ontzettend op.

Ik loop het pad langs Cherry Hill op. Er ligt nog steeds een dikke laag sneeuw op de plek waar Kasper en Lucy de sneeuwengelen gemaakt hebben. Ik loop wat langzamer om te kijken of ik de afdrukken nog kan vinden. En dan hoor ik iets. Of beter gezegd: iemand. Ik hoor iets wat op mijn naam lijkt, maar de wind draagt de klanken weg. Er blijft iets over wat tussen 'Lois' en 'Louise' in zit. Is het Berk die 'Lois' roept? Of is het Paul die 'Eloise' roept? Ik weet het niet. En ik durf niet om te kijken.

Ik blijf staan en hoor voetstappen mijn kant op rennen. *Paul*, denk ik dan, zonder precies te weten waarom. Ik draai me om. En ik begin te huilen.

'Eloise!' Paul komt abrupt voor me tot stilstand, alsof zijn voeten sneller gingen dan hij kon bijhouden.

Ik sla mijn handen voor mijn mond en breng een half snikkend, half lachend 'Je bent er!' uit. 'Je bent gekomen!'

'Natuurlijk ben ik er!' Hij legt zijn handen op mijn schouders. 'Ik was er hartstikke vroeg, maar ik kon die verdomde brug niet vinden. Het leek wel of ik steeds hetzelfde rondje liep en ik kwam er niet uit.'

'Was je verdwaald?' vraag ik nog steeds sniklachend. Misschien klopt het wel wat Lucy zei over dat de stad je op de proef stelt als je hier net bent. Het is dát, of wij zijn allemaal héél erg slecht in navigeren.

'Ik was zo bang dat je al weg was,' zegt hij. Hij neemt mijn handen in de zijne en dan betrekt zijn gezicht plots. ‘Ben je gek om hier zo lang in je eentje te wachten? Het is al bijna donker!’

‘Ik wachtte op jou.’

Hij drukt een kus op mijn vingers.

‘Ben je niet boos meer?’ vraag ik.

‘Ik was nooit boos op je… ik was gewoon… de weg een beetje kwijt. Ik wist het even niet meer. Alles werd zo moeilijk.’

Ik knik. ‘Ik was moeilijk.’

‘Nee.’ Hij schudt zijn hoofd en lacht dan. ‘Nou ja, niet erger dan anders.’

‘Ik weet dat het niet zo leuk geweest is de afgelopen tijd. Maar dat gaat allemaal veranderen. Ik wil…’

‘Je hoeft niet te veranderen,’ antwoordt hij. ‘Ik hou van je. En soms word ik gek van je. Maar je bent mijn meisje. En dat blijf je.’

‘Echt?’ Ik pak de kraag van zijn jas vast en trek hem naar me toe.

‘Wat dacht je dan?’ Hij slaat zijn armen om me heen en ik kruip in de warmte van zijn omhelzing. Hij drukt een kus in mijn haar. En een op mijn slaap. En als ik naar hem opkijk, kust hij mijn mond.

Zo blijven we een hele tijd staan, tot ik hem aankijk en vraag: ‘Zullen we sneeuwengelen maken?’ Ik trek hem aan zijn hand achter me aan de heuvel op.

Hij kijkt verbaasd, maar laat zich naast me op zijn rug in de sneeuw ploffen.

‘Je moet zo doen,’ zeg ik, terwijl ik mijn armen en benen omhoog en omlaag door de sneeuw beweeg.

‘Dit is koud!’ roept hij uit.

‘Ik weet het!’ Ik kijk opzij en hij trekt me tegen zich aan om me weer te kussen. Opeens is de kou zo erg niet meer. Als hij me loslaat, grijnzen we allebei van oor tot oor. ‘Ik moet je iets vertellen,’ zeg ik dan.

12

Mijn laatste week in New York is heerlijk. Misschien heb ik mijn proeftijd eindelijk doorstaan en ben ik goedgekeurd door de stad om er verliefd op te mogen worden. Misschien komt het doordat ik me zo gelukkig voel nu Paul hier is en heeft alles daardoor een gouden randje gekregen. Misschien helpt het ook een klein beetje dat het niet meer continu sneeuwt en dat de ergste troep van de straten verdwenen is.

Of het is allemaal de schuld van de baby. Misschien is hij net zo dol op New York als Lucy en voert hij me van binnenuit alleen maar gelukshormonen, in ruil voor af en toe een hamburger of een grote, vette pizzapunt.

Wat dat betreft is het een beetje gevaarlijk dat Paul hier is, want hij gaat de hele tijd van alles voor me halen zodra ik aangeef dat ik er trek in heb. Laatst liet hij om kwart over twee 's nachts een stapel pannenkoeken bezorgen door roomservice, omdat ik wakker was geworden met een *craving*.

Ik logeer dus niet meer in het appartement van Berk, maar iedereen is zo opgetogen dat Jimmy er nu is, dat ze mij alweer vergeten zijn. Ik heb Berk na afloop van de eindshow het liedboek gegeven en volgens mij was hij er erg blij mee. De kinderen waren fantastisch en ik denk dat ze allemaal heel ver gaan komen. Bertie is zo talentvol dat het schandalig is. En Rosa straalde op het podium nu ze wist dat Jimmy in de zaal zat. Volgens mij heeft ze veel geleerd deze week en Berk helpt haar wel met die faalangst die haar in de weg zit.

We hebben kerst met Kasper en Lucy doorgebracht, wat heerlijk was. Eindelijk voelde het weer echt als vanouds tussen ons. Verder zijn Paul en ik ook veel tijd samen geweest. Alleen hij en ik. Dat hadden we allebei al heel lang nodig, maar we zagen het geen van beiden in. Het voelt wel een beetje alsof we nu vals gespeeld hebben. Door de baby zijn onze belangrijkste twistpunten in één klap opgelost. Het is ongelooflijk hoe goed het ineens weer voelt tussen ons. Bijna zoals in het begin, toen we net verliefd op elkaar waren. We voeren moeiteloos urenlange gesprekken met elkaar in kleine cafeetjes downtown. Alsof we elkaar pas net hebben leren kennen.

Paul is helemaal in de wolken nu we eindelijk in verwachting zijn. Hij geloofde het niet toen ik het hem vertelde. Ik moest het blijven herhalen. 'Echt?' 'Ja, echt! Echt!'

Toen het eindelijk tot hem doordrong dat ik het meende, trok hij me meteen overeind uit de sneeuw en begon hij me warm te wrijven. Hij bleef me de hele wandeling naar huis vasthouden. De volgende dag glipte hij even weg nadat hij een warm bad met een heerlijk geurende olie voor me had klaargemaakt. Ik was juist gehuld in een fluffy badjas van het hotel mijn haar aan het droogföhnen toen hij terugkwam met een klein tasje in zijn hand. Ik herkende de kleur meteen. Het was Tiffany-groen.

In het tasje zat een perfect verpakt doosje, in dezelfde kleur groen. Ik pakte het voorzichtig uit, leunend tegen de dikke kussens van ons kingsize bed. Onder het dekseltje lag een fluwelen zakje, ook weer in Tiffany-groen. Ik trok aan het touwtje om het zakje te openen en haalde er een fijne zilveren ketting uit, met een massief zilveren hart waarop het woordje MOM sierlijk gegraveerd was. Ik denk niet dat ik ooit zo gehuild heb bij het uitpakken van een cadeau.

Voor onze laatste avond in New York heeft Kasper gereserveerd bij The River Café in Brooklyn. Lucy vertelde dat ze moest huilen toen ze daar naar het uitzicht keek op de eerste avond na haar definitieve terugkeer naar de stad. Ik vond dat wat melodramatisch. Maar nu voel ik me bijna hetzelfde. Ik geef de baby maar de schuld van mijn emotionele staat. Maar ik weet niet zeker of het wel aan hem ligt. 'Ik ga jullie gewoon heel erg missen,' snif ik boven mijn toetje, waarop Lucy ook tranen in haar ogen krijgt en we een paar tellen later allebei met uitgelopen mascara zitten.

Ik blijf emotioneel, ook de volgende dag als we na het uitchecken het hotel verlaten. We proppen het flatje van Kas en Luus nog één keer helemaal vol met onze bagage. We lunchen samen in Madison Square Park (ik weet niet hoe mijn baby het gaat vinden als hij het straks zonder Shack-burgers moet stellen) en we bezoeken Chelsea Market.

'Hoe laat is jullie transfer naar het vliegveld?' vraagt Kasper als we weer terug in de flat komen.

'O, we nemen gewoon een taxi,' zeg ik. 'Makkelijk zat.'

Ik zie ze een blik wisselen. 'Jullie hebben geen auto gereserveerd?' vraagt Kas.

'Natuurlijk niet,' antwoordt Lucy in mijn plaats. *'She leads the charmed life.'*

'We lopen gewoon naar het park en nemen er daar een.'

'Tuurlijk,' zegt Lucy. 'Ze nemen er gewoon daar een.'

De mannen tillen samen de koffers naar beneden en wij volgen met de handbagage.

'Ik vergeet het kleine koffertje!' merk ik halverwege de eerste trap op. Ik kreeg natuurlijk niet alles in die ene koffer, dus ik zal het koffertje van Kasper en Lucy mee moeten nemen.

Lucy drukt de sleutel in mijn hand en ik ren op een drafje naar boven. Ik pak het koffertje dat ik expres uit het zicht had geparkeerd naast de kerstboom (die klemstaat tussen de muur, het raam en de bank). Ik open vlug het buitenste vak en haal de mooie, nu ietwat platte, cadeaudoos van Macy's eruit. Ik scheur het versierde naamkaartje eraf en steek dat in mijn jaszak. De tas heb ik niet nodig, maar ik wil wel een stukje van Lois met me mee naar huis nemen.

Ik heb heel lang nagedacht over een cadeau voor Lucy om haar te bedanken, maar ik kon me niet voorstellen waar ik haar nog gelukkiger mee kan maken dan ze nu al is. Ze heeft hier werkelijk alles wat ze zich ooit gewenst heeft. Behalve één ding. Lucy zou best een taxi-charm kunnen gebruiken. Daarom is de tas van Kate Spade voor haar.

Ik schuif snel het pakje onder de boom en ren met de koffer de flat uit.

'De rits staat open!' waarschuwt Lucy als ik beneden kom, wijzend naar het vak.

'Oeps,' zeg ik, in mezelf gniffelend. En dan geef ik haar een knuffel waar we het lang mee zullen moeten doen. 'Je komt wel op kraamvisite, hè? Als de kleine er is.'

Ze knikt gretig. 'Ik zou het niet willen missen.'

We omhelzen elkaar nog eens en dan komt Paul naar ons toe. 'Schatje, kom gauw. Ik heb een taxi! Hij kwam net de straat in rijden.'

'Wat?' roept Lucy. 'Stoppen ze nu gewoon vanzelf voor jullie voeten?'

'Je moet het gewoon probéren, Lucy! Dat zeg ik toch de hele tijd al.' Ik ga naar buiten en we zetten de laatste koffer bij de rest van onze bagage in de taxi. Ik stap in en Lucy en Kasper staan midden op de stoep naar ons te zwaaien. Vlug draai ik het raampje open en als de taxi optrekt, roep ik Lucy nog iets na. 'Luus! Ik laat mijn taxi-charm bij jou achter, oké? Zorg er goed voor!'

Ze steekt haar duim op en we zwaaien naar elkaar tot de taxi de hoek om is.

Na een poosje zigzaggen (niet gek dat ik toen verdwaalde) komen we op Sixth Avenue. Rechts van ons steekt het Empire State Building trots de lucht in.

Ik pak Pauls hand. 'Kijk eens, schat. Wat een prachtig gezicht is dat toch, hè?'

Gelukkig nieuwjaar?

Het was elf uur 's avonds. Nog een uur te gaan en dan was er weer een jaar voorbij. Dennis zat in een overvol café waar iedereen uitgelaten en in opperbeste stemming de jaarwisseling vierde. Hij kon het enthousiasme van zijn vrienden niet echt delen. Hij had nu eenmaal niet zoveel met oud en nieuw. Hij was meegegaan omdat het beter was dan in je eentje tv-kijken of bij zijn steeds dronkener wordende familie zitten.

Hij staarde een beetje verveeld uit het raam. Normaal was dit een leuk café, maar op dit moment vond hij de gezelligheid geforceerd. Al die mensen die zich gedroegen alsof hun leven vanaf morgen heel anders zou zijn. Elke dag kon een nieuw begin zijn, dus waarom moest daar met oud en nieuw zo'n ophef over gemaakt worden? Waren al die goede voornemens die binnen drie dagen al de prullenbak in gingen niet voldoende bewijs dat het allemaal nergens over ging? En wat maakte het uit dat het jaar afgelopen was als morgen weer net zo'n dag zou zijn als vandaag?

Hij zat zich net af te vragen wanneer hij er met goed fatsoen de brui aan kon geven toen hij aan de overkant van de straat in de mensenmassa een meisje zag. Ze zag er prachtig uit in een lange donkerrode galajurk, maar er klopte iets niet. In plaats van zich vrolijk in het feestgedruis te storten – iets waar ze duidelijk op gekleed was – liep ze juist van de drukte weg. Het leek wel of ze huilde, maar dat kon hij niet echt goed zien.

'Ben zo terug,' mompelde hij tegen een van zijn vrienden voor hij naar buiten ging. Hij liep naar de plek waar hij haar had gezien en even dacht hij dat hij haar kwijt was. Toen zag hij haar de hoek om gaan en hij zette de achtervolging in.

Stefanie was moe en ze had pijn aan haar voeten door haar nieuwe *high heels* die ze per se wilde dragen vanavond. Als ze had geweten dat het de ergste avond van haar leven zou worden, had ze niet zoveel moeite gedaan. Ze dacht niet dat het nog erger kon worden tot ze zich bewust werd van de voetstappen die al enige tijd achter haar klonken. Ze was al uit het centrum en bijna bij het park. Voor ze dadelijk de bosjes in gesleurd zou worden, stond ze abrupt stil. 'Ik heb een vreselijke avond gehad en ik kan dit er niet bij hebben! Ik heb geen geld bij me en ik doe aan aikido én kickboksen, dus ik schop je helemaal verrot als je me met één vinger aanraakt!' Ze draaide zich om en in het licht van de lantaarnpaal zag ze een jongen die met opgeheven handen naar haar toe liep.

'Rustig maar, ik heb geen kwade plannen... Ik moet gewoon toevallig deze kant op.'

Ze nam hem even op. Ze had verwacht een struikroverachtig type aan te treffen, maar deze jongen zag er leuk – en onschuldig genoeg – uit. 'Oké, maar ik voel me er een beetje ongemakkelijk bij. Ik zou graag verder lopen zonder de echo van jouw voetstappen achter me.' Ze maakte een gebaar om hem voor te laten gaan. 'Haal me gerust in.'

'Oké. Sorry dat ik je liet schrikken.' Hij liep haar voorbij door de poorten van het park. Tergend langzaam liep hij verder en om de meter keek hij achterom om te zien waar ze bleef.

Ze wachtte nog steeds bij de ingang van het park, vastbesloten om hem een grote voorsprong te geven.

'Vind je het geen veilig idee om bij me in de buurt te blijven?' riep hij van een afstand.

'Ik red me prima, dank je. Fijne avond! Dag!' Ze bleef staan en keek stuurs de andere kant op. Tot ze hem op een drafje terug hoorde komen.

'Oké, dit klinkt raar, maar ik liep niet toevallig achter je aan. Mogen mijn voetstappen misschien heel even naast je echoën? Dan leg ik het uit.'

'Je hebt toch begrepen dat ik serieus in staat ben om je neusbotje en zo'n vijftig kleine beentjes in je voet te verbrijzelen bij de eerste verkeerde beweging die je maakt?'

'Op die schoenen?' vroeg hij.

'Júíst op deze schoenen.'

Hij lachte op een manier waardoor ze spontaan haar verdediging wilde laten zakken, maar ze besloot haar verstand te volgen. Haar gevoel bedroog haar immers wel vaker.

'Ik ben echt niets van plan. Maar ik zie een verdrietig meisje in een galajurk die 's avonds laat in haar eentje over straat dwaalt. Daar moet iets achter zitten. Toch? Of doe je dit vaker?'

'Ja, elke dag. En jij?' Ze klonk feller dan ze het bedoeld had. 'Stalk jij vaker mensen?' Ze begon nu toch verder te lopen.

Hij zette de achtervolging in. 'Noem je dit stalken?'

'Jij niet dan?'

'Op het eerste gezicht heeft het er misschien iets van weg, maar ik kan het uitleggen.'

'Doe maar,' antwoordde ze. 'Als je toch niet weggaat…'

'Ik zat met vrienden in een café,' begon hij, 'en het was alsof iedereen plezier had, behalve ik. Net toen ik dacht dat ik de enige was die zich rot voelde, zag ik jou.'

'Bedoel je daarmee dat ik er ellendig uitzie?' vroeg ze. 'Bedankt. Maak mijn avond nog beter. Het kan niet op vandaag.'

'Je ziet er prachtig uit,' antwoordde hij. 'Maar je kijkt wel erg triest. En geloof me, ik vind dat oud-en-nieuwgedoe ook maar niks, maar het is doodzonde dat een meisje zoals jij zo treurig door de stad loopt.'

'Ik heb niks tegen oud en nieuw,' zei ze. 'Ik ben er dol op. Ik had me er zó op verheugd. Kijk die jurk dan! En de schoenen. Allemaal nieuw. Ik heb geen cent meer op mijn bankrekening staan en het enige wat ik ervoor heb teruggekregen, is een blaar op elke hiel. Allemaal door hem!'

'Door wie?'

'Mijn ex. Met hem is alle ellende begonnen.'

'Dat gaat meestal zo. Soms helpt het je hart te luchten bij een onbekende, weet je dat?' Hij lachte weer op die ontwapenende manier. 'Zullen we daar even gaan zitten?'

Dat klonk niet eens zo heel gek. Ze werd krankzinnig van die schrijnende blaren. Ze plofte neer op een bankje aan de rand van het pad. 'Alleen omdat ik pijn aan mijn voeten heb.'

Hij ging naast haar zitten en stak zijn hand naar haar uit. 'Ik heet Dennis trouwens.'

Ze begreep nog steeds niet hoe ze zijn aandacht had weten te trekken, maar nu ze hem nog eens goed bekeek in het maanlicht, was ze toch wel blij dat het haar gelukt was. Ze schudde zijn hand. 'Stefanie.'

'Dus het komt allemaal door je ex?' vroeg Dennis, opgelucht dat ze wat langer met hem wilde blijven praten.

Ze knikte. 'Het is sinds een paar weken uit. Maar het sukkelde al wat langer. Hij wist niet of ik de ware voor hem was, maar hij wilde me ook niet kwijt. Ik dacht dat het bindingsangst was en dat het wel over zou gaan. Maar hij heeft me toch gedumpt. Ik weet nog steeds niet echt waarom. Waarom doen jongens dat toch? Waarom zijn jullie zo onduidelijk?'

'Ik weet het niet. Zijn alle jongens dat?'

'En jullie weten nooit waaróm jullie iets doen,' ging ze verder zonder acht op hem te slaan. 'Als jij iets aan me vraagt over een typisch vrouwending – waarom we altijd samen naar de wc gaan, bijvoorbeeld – dan heb ik daar een antwoord op. Dan zeg ik dat het handig is om even bij te praten. Meestal over jullie. Of om te controleren of onze haren en make-up nog goed zitten. En de een kan bij de ander voor de deur blijven staan als het slot niet goed werkt. Dat zijn goede redenen. Stuk voor stuk. Maar jullie kunnen nooit uitleggen wat jullie redenen zijn. Nóóit!'

'Sorry,' antwoordde hij.

Ze zuchtte. 'Alle tijd die ik aan hem verspild heb... Ik heb hem steeds de ruimte gegeven om na te denken. Elke keer kwam hij toch tot de conclusie dat hij niet zonder me kon en dan flikt hij me dit. Hoe moet ik dat snappen? Weet je, misschien is het beter zo. Ik ben eigenlijk wel opgelucht dat ik eindelijk zekerheid heb.'

Hij zag tranen in haar ogen opwellen. 'Het kan aan mij liggen, maar je ziet er niet echt opgelucht uit.'

'Het ging prima tot vanavond! Er was een groot feest op het Marktplein, in die tent... we hadden al lang van tevoren afgesproken dat we daarheen zouden gaan. Ik had echt zin om dit rotjaar met een knalfeest af te sluiten. Om opnieuw te beginnen. En het was ook hartstikke leuk. Tot hij binnenkwam.'

'Wist je niet dat hij er ook zou zijn?'

'Jawel. Maar hij had een meisje bij zich. Echt zo'n ordinaire lellebel. En ik zei tegen mijn vriendin dat het heus niets te betekenen kon hebben. Ik dacht dat het zomaar een scharreltje voor één avond was. Maar hij blijkt al zes weken iets met haar te hebben. Dat wil zeggen dat wij pas een week uit elkaar waren toen hij met haar aanpapte. Mijn vriendinnen wisten het, maar ze hebben niets gezegd om me niet te kwetsen. Ik voel me zo ontzettend...'

'Lullig,' vulde hij voor haar in.

Ze keek hem aan. 'Precies! Ik begrijp er niks meer van. Hij wilde vrij zijn. Hij zei dat hij zich nog niet wilde binden, maar hij bedoelde dat hij zich niet wilde binden aan míj.'

'Dan is hij gewoon een sukkel. Hij heeft vast spijt als haren op zijn hoofd dat hij jou heeft laten gaan.'

'Dat betwijfel ik,' zei ze. 'Je had hem moeten zien met dat mens. Dat zag er niet uit alsof hij ergens spijt van heeft.'

'Ik zou mezelf voor mijn kop slaan als ik jou aan de kant had gezet. Heb je jezelf in de spiegel bekeken voor je van huis ging vanavond? Ik wed dat hij precies op dit moment allerlei manieren aan het bedenken is om je terug te krijgen.'

Ze lachte vreugdeloos. 'Hij heeft niet eens naar me gekeken.'

'Dat is het bewijs! Als hij je negeert, is hij duidelijk nog gek op je. Typisch mannending, ik weet de reden niet, maar het ís zo. Ik zou me nergens druk over maken als ik jou was. Geloof me, deze jurk was de ultieme wraak.'

‘Ik wil hem niet eens meer. Al zou hij me smeken.’

‘Goed zo, je kunt wel wat beters krijgen!’ Hij wist niet zeker of ze doorhad dat hij daarmee zichzelf bedoelde.

Ze glimlachte. ‘Sorry voor dit geklaag.’

‘Ik heb er toch zelf naar gevraagd? Ik wilde weten hoe zo’n mooi meisje er zo triest uit kon zien.’

‘Nou…’ fluisterde ze. ‘Nu weet je het.’

‘Ja.’

Ze keken elkaar aan en op dat moment barstte het vuurwerk los. Overal om hen heen klonken de harde knallen van duizendklappers en vuurpijlen en in de lucht kwam alles kleurig tot ontploffing.

Hij keek er even in stilte naar voor hij zijn blik weer op haar richtte. ‘Ga je je kickbokstechnieken op me loslaten als ik je een gelukkig nieuwjaar wens?’

Ze wachtte even met antwoorden en hield haar blik strak op de hemel gericht. Toen schudde ze langzaam haar hoofd en keek ze naar hem.

Hij legde zijn hand op haar knie terwijl hij vooroverboog om haar wangen te kussen. ‘Gelukkig nieuwjaar.’

‘Gelukkig nieuwjaar,’ antwoordde ze zacht voordat ze zijn derde kus op haar lippen neer liet komen.

En op dat moment vergat hij alle scepsis en hij omarmde het cliché: een nieuw jaar, een nieuw begin.

De openbaring

Eigenlijk had Nina helemaal geen zin om uit te gaan, maar Angela probeerde haar over te halen. 'Het is al moeilijk genoeg om elkaar regelmatig te blijven zien,' zei ze. 'Zeker nu Daan en Martijn allebei een baan hebben en Debbie met haar stage bezig is. Iedereen heeft het druk en als we afspraken beginnen af te zeggen, geef ik de groep nog hooguit een jaar. Weet je wel hoe weinig vriendschappen de middelbare school én verschillende studies én verschillende banen overleven?'

'Dat gebeurt ons niet. Wij blijven altijd vrienden,' zei Nina terwijl ze terugdacht aan hoe het allemaal begonnen was. In de brugklas was ze bij Angela in de klas gekomen en al snel waren ze beste vriendinnen. Toen ze vijftien waren, wilden ze af en toe uitgaan en toen kwam Daan, de drie jaar oudere broer van Angela, goed van pas. Met hem erbij mochten ze vaker uit en later thuiskomen. Het duurde niet lang of hij kon in het weekend geen stap meer zetten zonder zijn kleine zusje en haar beste vriendin in zijn kielzog. In het begin was hij daar niet zo blij mee, maar het lukte hem niet ze af te schudden. Op deze manier zaten zijn beste vrienden Martijn en Debbie ook aan hen vast. De groep was geboren.

'Wij blijven vrienden omdat we tijd voor elkaar maken,' zei Angela. 'En we zeggen alleen afspraken af als we daar een ontzettend goede reden voor hebben. Want ons motto is en blijft: één voor allen en allen voor één!'

'Je hebt gelijk,' antwoordde Nina. 'Ik zie je vanavond bij de bioscoop.'

Nina trok haar sjaal tot aan haar neus op terwijl ze het laatste stuk naar de binnenstad fietste. Meestal kwam ze onderweg al wel iemand tegen. Maar ze was aan de late kant en blijkbaar was zelfs Martijn, degene die overal als laatste aan kwam kakken, haar nu al voor. Ze trapte stevig door, tegen de gure novemberwind in, totdat ze bijna geen last meer had van de kou.

In het centrum brandde overal kerstverlichting. De winkels waren gesloten, maar veel etalages waren nog verlicht, zodat je de mooie aankleding nog kon bewonderen. In de boom op het pleintje voor de bioscoop hingen kleine gouden sinterklaasstafjes in de kale takken. Een groepje mensen stond eronder te wachten, maar het was niet haar groep. Ook voor de gevel was niemand te bekennen. Het was de gewoonte om elkaar buiten op te wachten en dan samen kaartjes te kopen, maar misschien was het daar vandaag te koud voor. Ze waren vast al binnen. Nina stond op het punt om Angela te bellen zodat die met haar kaartje naar buiten kon komen, toen ze Daan op zijn gemakje de hoek om zag komen. Ze tikte op haar horloge. 'Dat is net op tijd.'

Hij kuste haar op één wang, hun gebruikelijke begroeting.

Ze keek zoekend achter hem. 'Waar is Angela?'

'Thuis,' antwoordde hij. 'Ze ligt ziek op bed.'

'Niet waar! Ik heb haar vanmiddag nog gesproken en toen mankeerde ze niets.'

'Het kwam nogal plotseling opzetten.'

'Wat heeft ze dan?'

Hij haalde zijn schouders op. 'Veel onsmakelijke symptomen die allemaal op griep wijzen.'

'Dus Angela komt niet,' zei Nina. 'Maar waar zijn Martijn en Debbie? Binnen?'

Weer haalde Daan zijn schouders op en op dat moment ging haar mobieltje, meteen gevolgd door het zijne. Ze namen tegelijk op en praatten door elkaar.

'Martijn kan nog niet weg van zijn werk,' zei Daan nadat ze allebei opgehangen hadden. 'Er is iets mis met het alarm en hij moet wachten totdat het is opgelost. Hij weet niet precies hoelang het gaat duren.'

'En Debbie zit te wachten tot Martijn haar komt ophalen, maar aangezien er bij hem iets mis is met het alarm, halen ze waarschijnlijk het begin van de film niet,' zei Nina. 'Dus het lijkt erop dat we voorlopig met z'n tweeën zijn.'

'Wat zullen we doen?' vroeg hij. 'Wil je nog naar binnen? Of houden wij het ook voor gezien?'

Ze dacht even na. 'Ach, we zijn er nu toch.'

De zaal was donker. Nina zat lekker onderuitgezakt naar de film te kijken. Daan had haar laten kiezen, dus zaten ze nu bij *The Notebook*, terwijl ze wist dat hij liever naar *The Bourne Supremacy* was gegaan, die ook nog draaide. Of naar de extra vertoning van *Kill Bill Volume 2,* ook al hadden ze die een halfjaar geleden al gezien, toen die net in de bioscoop was.

Dat was een van de vele redenen dat ze hem zo graag mocht: hij kon het overal naar zijn zin hebben. Als de hele groep er was geweest hadden ze misschien alsnog de film gemist, omdat iedereen een andere had willen zien en ze geen overeenstemming hadden kunnen bereiken.

In het begin keek Nina nog om de paar minuten naar de deur om te zien of Martijn en Debbie zouden binnenkomen. Na een halfuur had ze het idee opgegeven dat dit nog zou gebeuren. En eigenlijk kon het haar toen ook niet zoveel meer schelen, want ze ging helemaal op in de film en Daan was ook zonder de rest erbij aangenaam gezelschap. Hij maakte niet eens flauwe opmerkingen bij de zoete, romantische stukken, wat hij zeker wel gedaan zou hebben als Martijn naast hem had gezeten.

In de pauze ging hij naar beneden om meer popcorn en nog een flesje cola voor Nina te halen en zij bleef zitten zodat ze hun spullen niet mee hoefden te nemen. Toen hij terugkwam, schrok ze ineens enorm van zichzelf. Ze nam hem in zich op terwijl hij op een drafje de trap op liep naar hun plek en opeens gebeurde het. Ze voelde iets. Iets geks. Iets warms en kriebelends. Iets wat er niet hoorde te zijn. Vlinders in haar buik, speciaal voor hem fladderend.

Ze viel van schrik bijna van haar uitklapbare bioscoopstoel. Dit was Daan! Leuke, grappige Daan. Hij was haar maatje, ze kon met hem lachen, ze maakte lol met hem, maar daar hoorde ze geen vlinders bij te voelen!

Hij ging weer naast haar zitten en maakte een grapje over de mensen die voor hen hadden gezeten. Ze lachte, ook al hoorde ze amper wat hij zei. Ze had het gevoel dat ze vuurrood geworden was.

De film werd hervat, maar ze kon zich niet meer goed concentreren op het verhaal. Daan was opeens zo anders, hoe kon dat nou? Ze bleef vanuit haar ooghoeken naar hem gluren en kon die vervelende kriebels niet meer weg krijgen. Misschien kwam het door die hoofdrolspeler uit de film, Ryan-nog-wat... met zijn sexy wasbordje. Maar hoe ze ook haar best deed, de knappe acteur op het witte doek boeide haar nauwelijks nog. In plaats daarvan had ze alleen nog belangstelling voor de jongen naast haar.

Toen de hoofdrolspelers elkaar in de regen de kleren van het lijf begonnen te scheuren, zag ze opeens voor zich hoe Daan hetzelfde bij haar zou doen. Wat zou hij van haar denken als hij wist wat er door haar heen ging? Dit was pas ironie. Als ze een echt afspraakje had met een potentiële lover, hoopte ze juist dat ze deze vonk zou voelen, maar hoe geknipt de jongens in kwestie ook voor haar leken en hoe graag ze ook verliefd wilde worden, het was nooit echt gebeurd. En nu was dat verliefde gevoel er opeens bij Daan.

Er was iets serieus mis met haar. Angela had haar vast aangestoken met de griep. Dat moest het zijn. Een rare, heftige griep, die dingen met haar hoofd deed. Ze had vast koorts en was daarom zo in de war. Maar het gekke was dat ze zich helemaal niet zo erg verward voelde. Op een of andere manier werd haar juist iets duidelijk. Ze had een openbaring midden in de bioscoop.

Ze keek nog eens zijdelings naar Daan. Ze kon met bijna alles wat haar bezighield bij hem terecht. Hij was altijd de gezelligste persoon op elk feest. Maar hij kon er ook voor haar zijn als ze verdrietig was. Soms wilde ze op het eind van de dag zo snel mogelijk naar hem toe, om hem te vertellen over iets wat gebeurd was. Of om te horen wat hij die dag had gedaan. Alles wilde ze met hem delen. Was dat gewoon? Was dat vriendschap? Of was het de reden waarom ze nooit verliefd werd op een ander?

Na de film fietste Daan met haar mee om haar veilig thuis te brengen. Ze zette haar fiets voor de gevel van het gebouw tussen de vele fietsen van de andere studenten die hier woonden. Voor ze naar binnen ging, boog Daan zich voorover om haar wang te kussen, zoals ze altijd deden. Maar het was niet zoals altijd. Terwijl hij dichterbij kwam, werden al zijn bekende gelaatstrekken volkomen nieuw voor haar. En in plaats van haar gezicht zo te draaien dat zijn lippen op haar wang neerkwamen, drukte ze haar mond op de zijne. Hij deinsde terug om haar aan te kunnen kijken. Ze voelde haar hart in haar keel bonken. Heel even dacht ze dat ze een grote fout gemaakt had. Hoe had ze zo stom kunnen zijn? Toen vonden zijn lippen de hare.

Nina werd wakker. Naast haar in bed gaapte een lege plek. Ze herinnerde zich kledingstukken die op de grond vielen. Zijn hand rond haar borst. Haar vingers door zijn haar. Zijn armen om haar heen toen ze in slaap viel. Nu was hij weg. Hij had vast spijt. Wat als hun hele vriendschap nu verpest was? Hoe moest ze hem nu nog onder ogen komen?

Ze stond op en had net haar ondergoed aangetrokken toen de deur van haar kamer openging.

Het was Daan en hij droeg een dienblad met twee dampende mokken, een rol beschuit en een pot Nutella. 'Wat doe je?' vroeg hij.

'Ik dacht dat je weggegaan was.'

'Waarom zou ik dat doen?' Hij zette het dienblad aan het voeteneind en ging op bed zitten.

'Omdat dit nogal ingewikkeld is?' stamelde ze, hevig onder de indruk van het feit dat hij daar zo zat, in alleen een boxershort. ‘En onverwacht.’

Hij grijnsde. ‘Zo onverwacht is het nu ook weer niet. Vond je het niet heel toevallig dat iedereen gisteravond plots afbelde?’

‘Jawel,’ antwoordde ze aarzelend terwijl langzaam tot haar doordrong waarom Angela zo haar best had gedaan om haar over te halen toch naar de bioscoop te komen.

‘Ik vind je al een hele tijd meer dan leuk,’ zei Daan. ‘En ik dacht dat ik misschien een kans bij je zou maken als ik een keer alleen met je zou zijn. Maar het kwam er nooit van, dus heb ik het toeval een beetje moeten helpen… maar ik durfde het initiatief niet te nemen. Ik zat de hele tijd moed te verzamelen, en toen was jij het uiteindelijk…’

‘Vandaar die verbaasde blik toen ik je kuste,’ zei ze, waarna ze hem met grote ogen aankeek. ‘Maar… dan weet de hele groep er dus van?’

Hij knikte. ‘Eén voor allen, allen voor één, weet je nog?’ Hij reikte naar de andere kant van het bed en trok haar naar zich toe. ‘En ik ga voortaan voor één iemand in het bijzonder.’

Ze glimlachte terwijl hij haar nek met kusjes bedekte en langzaam haar beha weer uittrok.

Stop!

Voor de zoveelste keer gaat het licht uit. Het is ook al donker in de hal, evenals in de kantoren aan de overkant. Verrekte bewegingssensoren. Met een zucht sta ik op. Ik loop een paar passen richting een openstaande dossierkast en duw de deuren dicht. Op de terugweg naar mijn computer springen de tl-buizen weer aan. Dat krijg je ervan als je op kerstavond als enige nog aan het werk bent. Door het gebrek aan beweging in de ruime kantoortuin waar ik mijn werkplek heb, zit ik het grootste gedeelte van de tijd in het donker te werken. Ik ga weer zitten en neem me voor om af te ronden voor de lichten wéér uitgaan. De rest van mijn team zit allang in de kroeg voor de officieuze kerstborrel van het kantoor.

Iedereen is vroeger weggegaan vandaag, maar ik niet, want ik moet – wil – dit eerst afmaken. Er zit namelijk een belangrijke opdracht voor mij aan te komen. Dat voel ik. Het is een grote campagne voor een nog grotere cliënt en ik weet dat ik hem binnen ga slepen. Vanochtend heb ik mijn pitch gehouden, samen met nog drie andere junior marketingmanagers die in de race zijn, waaronder – helaas – mijn vriendin Mathilda. Het is niet de eerste keer dat we elkaar intern moeten beconcurreren. Het houdt ons scherp, zegt ze altijd. Maar ik vind het vooral vervelend om iets te bereiken ten koste van haar, al wisten we natuurlijk dat dit kon gebeuren toen we allebei naar dezelfde functie solliciteerden. *STOP!*

Ik schud mijn hoofd en tik even tegen een kerstballetje in de lichtgevende plastic miniatuurkerstboom die naast mijn computerscherm staat en langzaam van blauw naar rood kleurt. Dan gaan mijn handen weer naar de basispositie op mijn toetsenbord, waar ik met mijn wijsvingers boven de F en de J blijf zweven. Ik weet niet waarom ik er zo zeker van ben dat ik gewonnen heb. We hadden allemaal een sterke presentatie. Vooral Mathilda. Maar ik weet het, zoals ik ook wist dat ik deze baan zou krijgen.

In eerste instantie werd ik niet aangenomen. De keuze was op Mathilda gevallen en natuurlijk gunde ik het haar, zoals ik ook zeker weet dat ze het mij gegund zou hebben als ik het geworden was. Ik concentreerde me op de vele andere sollicitaties die ik nog had lopen. Maar elke keer als ik onderweg naar zo'n sollicitatiegesprek voorbij dit gebouw kwam – en dat was vaak, want het maakt deel uit van een gigantisch kantorenpark; een enorm complex van bedrijven, een wirwar van torens en ramen en loopbruggen van het ene naar het andere pand – voelde ik dat ik juist hier terecht zou komen. Dat ik die baan moest krijgen. Twee weken gingen voorbij en ik was dat gevoel al bijna vergeten toen ik onverwachts werd gebeld omdat een ander team werd uitgebreid. Zo kwamen Mathilda, met wie ik zo'n beetje alles deelde sinds we op de introductiemiddag van onze studie naast elkaar waren gaan zitten, en ik in hetzelfde bedrijf terecht. En het werd nog beter toen Pamela, een vriendin van ons allebei, bij het bedrijf aan de overkant aan de slag kon. Vanuit Mathilda's kantoor kijken we uit op de bibliotheek van Pamela's kantoor. Soms zwaaien we even naar elkaar en we eten bijna altijd samen. Bij mooi weer buiten, op een van de betonnen bankjes die tussen de hoge gebouwen opgesteld staan. En anders in een van de gezamenlijke bedrijfskantines. *STOP!*

Ik hervat mijn getyp. Mijn pitch was sterk, maar ik weet dat ik alles op alles moet zetten om mijn plannen uit te voeren. Ik heb geen tijd te verliezen. Dus als dat betekent dat ik de kerstborrel dit jaar moet missen, dan is dat maar zo.

Ik schrik als plotseling het licht in de hal aanspringt en Bob, mijn teamleider, prompt naast mijn bureau verschijnt.

'Mia, ik dacht dat iedereen al weg was.'

'Ik maak nog even wat af,' antwoord ik, met mijn blik op het scherm. Mijn vingers tikken onophoudelijk door. *STOP!*

'De kerstborrel is al in volle gang. Ik ben ook op weg ernaartoe. Jij niet?'

'Straks misschien.'

'Tja, als je het nu al zo druk hebt...' Hij laat een gewichtige stilte vallen en dan klinkt er een doffe plof als de dikke dossiermap vanuit zijn hand op mijn bureaublad belandt. 'Dan moet ik misschien heroverwegen of het wel zo'n goed idee is om je met nóg een klus op te zadelen. Zeker zo'n grote als deze, hier.'

Nu pas kijk ik op en ik zie de naam van het project waar ik vanochtend mijn plan voor gepresenteerd heb. Waar ik al weken voor gestreden heb.

'Eigenlijk zou ik het na de kerst bekendmaken. Maar aangezien jij mijn bezigste bijtje bent, verdien je wel een beloning. We geven het account aan jou.' Hij grijnst zelfingenomen, alsof dit niet mijn, maar zíjn prestatie is.

Terwijl ik hem aankijk, besef ik dat Bob de enige persoon is die ik ken die lelijker wordt als hij lacht.

'Echt waar?' vraag ik. Opeens lijkt dit volkomen onwerkelijk. Al was ik ervan overtuigd dat dit zou gebeuren en ben ik zelfs al vooruit aan het werken. STOP!

'Echt waar.' Hij laat de map op mijn bureau achter en verlaat het kantoor. 'Ik zie je zo in het café, toch?'

STOP! Het woord schiet de laatste dagen op de vreemdste momenten door mijn hoofd. In de klank herken ik iets van mijn eigen stem, maar ook iets anders dat ik niet kan thuisbrengen. Het heeft iets strengs, zoals mijn moeder kon klinken als ik vroeger mijn kamer niet opgeruimd had. Iets autoritairs, zoals een leraar die je opdraagt recht te zitten en op te letten. Maar ook dat is het niet helemaal. Het is nog dwingender, alsof het geen tegenspraak duldt. Het is de stem van iemand die zich niet láát negeren.

Meestal weet ik dat toch te doen. In de ochtendspits, als ik nog voor de zon op is, in het donker, van de ene metro op de andere overstap en geplet tussen zakenlieden en studenten in het voorportaal sta met mijn tas, mijn paraplu en een koffie–to-go in mijn handen geklemd. Als ik in een stroom van mensen het metrostation verlaat en de oversteek maak naar kantoor; een wandeling van een paar minuten, die ik op mijn hakken nét aankan. Als ik het enorme kantorencomplex nader, door de schuifdeuren naar binnen stap en de conciërge begroet die met een boenmachine door de gangen gaat en altijd – echt altijd – met de vrolijkste lach op zijn gezicht 'Goedemorgen, Mia!' roept. Als ik de lift neem naar de verdieping waar ik werk. Als ik mijn computer opstart, mijn agenda open, mijn collega's groet die een voor een voorbijlopen in de hal. Als ik mijn boterhammen eet, koffie haal voor mijn team, het kopieerpapier aanvul, mijn mening geef tijdens een vergadering, opsta om een pitch te doen. Als ik werk in mijn tas prop om mee te nemen naar huis en er in het weekend mee verderga. Als ik de laatste ben die de deur van de kantoortuin achter zich dichttrekt. *STOP! Stop, stop, stop.* Ik ben er goed in geworden om het te negeren (hoelang doe ik dat eigenlijk al?), maar nu… terwijl ik staar naar de slordige viltstiftletters op de blauwe omslagmap op mijn bureau… hoor ik alleen nog dat ene woord. Met een verdoofd gevoel zet ik mijn pc uit, zomaar, zonder mijn werk van vanavond op te slaan. Ik sta op. Vanuit het raam zie ik in de verte de lichtjes van het metrostation. Ze schitteren me tegemoet. Het plastic kerstboompje op mijn bureau verandert weer van kleur. Ineens zie ik alles heel helder. Ik pak mijn tas. Daarna mijn jas, mijn sjaal en mijn paraplu. En ik haal Bob in.

Het is warm in de bar waar we onze geïmproviseerde kerstborrel houden. Het kost me moeite me aan mijn winterjas te ontworstelen, omdat ik er mijn kobaltblauwe peplumblazer onder draag. Ik heb hem nog niet vaak gedragen, maar ik had laatst een heel dringende behoefte om wat kleur toe te voegen aan mijn door zwart en grijs overheerste garderobe.

Mijn pumps knellen als ik me naar de achterkant van de bar begeef, om me bij mijn collega's te voegen.

Bob is bij binnenkomst meteen bij me vandaan gestoven en heeft zich in een gesprek gestort met iemand van de boekhouding. Ik weet dat de twee elkaar helemaal niet liggen, dus hij moet wel erg wanhopig zijn om na ons gesprek onderweg naar de metro bij me weg te komen. Na elke overstap viel er een ongemakkelijke stilte die hij verbrak om me duidelijk te maken dat hij mijn besluit echt zwart-op-wit moest hebben voor hij er iets mee kon doen. En of ik dan wel goed besefte dat ik dan echt helemaal nergens aanspraak op kon maken? Volgens mij gelooft hij nog steeds niet dat ik het meen. Gek genoeg voel ik me er zelf volkomen rustig onder. Misschien wel voor het eerst in tijden, concludeer ik terwijl ik probeer te bedenken wanneer ik me voor het laatst zo voelde.

Met mijn winterjas over mijn arm en mijn paraplu eronder geklemd, bots ik per ongeluk tegen iemand op, die zich in tegengestelde richting een weg baant naar de uitgang. 'Sorry,' zegt een stem die uit gelijke delen mannelijkheid en vriendelijkheid bestaat. Een interessante combinatie die me doet opkijken. In de drukte vang ik zijn blik, die heel even op me blijft rusten, maar de mensenmassa drijft ons verder uit elkaar. Als ik weer omkijk, kan ik hem niet meer vinden.

Vervolgens gebeuren er twee dingen tegelijk. Ik herinner me het gevoel van spijt dat me overviel toen mijn laatste werkdag aanbrak in de bloemenwinkel waar ik gedurende vrijwel mijn hele school- en studieperiode een bijbaan had. Het gevoel dat ik een deel van mijn leven moest opgeven om iets belangrijkers na te streven. Maar het voelde niet belangrijker. Het voelde treurig. Daarnaast word ik op de schouder getikt door Mathilda, die me in de drukke bar ontdekt heeft. Ze wuift richting een statafel en ik volg haar. Jammer genoeg heeft ze geen zitplek weten te bemachtigen. Ik weet niet hoelang ik het nog volhoud op deze schoenen. Ik werd er meteen verliefd op vanwege de schattige strikjes op de neuzen, maar ze zijn verre van comfortabel en zeker niet na een lange werkdag. Met pijnlijke voeten is het moeilijk nog aan iets anders te denken.

'Waar is Bob?' vraagt Mathilda als ik naast haar aan de hoge tafel kom staan. 'Jullie kwamen toch samen binnen?'

'Ja. Hij was me zeker al beu,' antwoord ik. Ik kijk om me heen op zoek naar bedienend personeel. Een wijntje zou lekker zijn.

'Ik heb bedacht dat we hem dronken moeten voeren vanavond. En dan ontfutselen we hem wie dat account in de wacht gaat slepen. Dat zullen ze toch vast al wel besloten hebben? Ik vind het nogal flauw om ons de hele kerst te laten wachten.'

'Jij bent het geworden,' flap ik eruit.

Haar mond valt bijna open en dan worden haar wangen rood van opwinding. 'Ik? Hoe weet je dat? Of probeer je me moed in te praten? Jij was ook hartstikke goed, Mia. Onderschat jezelf toch niet zo.'

'Nee, ik wéét dat jij het bent.'

'O ja, dat ken ik. Dat zeg je zo vaak. "Ik neem mijn paraplu mee, ik weet zeker dat het gaat regenen." "Ik neem een extra flesje wijn mee, ik weet zeker dat Pamela laat op de avond langskomt om verslag te doen van haar date." "Ik weet zeker dat de metro weer uitvalt, laten we de fiets nemen." Ik denk dat ik nu liever op iets concreets afga, in plaats van op jouw intuïtie.'

'Dit ís concreet. Ik weet het omdat Bob het me verteld heeft. In de metro onderweg naar hier.'

'Zei hij dat?'

Ik knik.

'En... dat is definitief? Ligt de keuze vast? Voor honderd procent?'

'Honderd procent!' beaam ik. 'Geloof me maar. Het ligt vast.'

'Wat ligt vast?' Pamela duikt aan onze tafel op.

'Mathilda heeft een belangrijke opdracht in de wacht gesleept,' zeg ik.

'Die waar we allebei achteraan zaten,' weidt ze uit. 'Het is officieel nog niet bekend, maar Mia heeft het van Bob zelf gehoord. Mondje dicht, oké?'

'Van mij zal niemand iets horen,' antwoordt Pamela. Dan kijkt ze mij vol medeleven aan terwijl ze over mijn arm strijkt. 'Jammer voor jou, Mia. Jullie hebben er allebei hard voor gewerkt.'

'Vriendinnen gunnen elkaar alle succes,' zegt Mathilda. 'De volgende keer win jij. Jouw plan had ook veel potentie. Iedereen vindt je hartstikke talentvol. Bob is dol op je. Ik was gewoon ontzettend op dreef tijdens mijn pitch. Ik voelde het al terwijl ik bezig was. De energie was...' Ze zoekt naar het juiste woord om de grootsheid van haar prestatie te beschrijven, maar blijkbaar voldoet er geen.

'Volgens mij waren we allemaal op ons best.'

'O, absoluut.' Ze slaakt een gilletje. 'Dit is zó geweldig. Ik hoop maar dat ik verrast genoeg reageer als Bob het nieuws komt brengen. En maak je geen zorgen, Mia. Er komen nog zoveel grote opdrachten en ik kan ze niet allemaal toegewezen krijgen.'

'Ik maak me geen zorgen,' antwoord ik. 'Ik denk zelfs dat het tijd is voor een volgende stap. Ik ga mijn ontslag nemen.'

Mathilda heeft net een slok wijn genomen en blijft met bolle wangen vol drank naar me kijken.

'Tuurlijk!' Pamela lacht hartgrondig. 'Vanwege één misgelopen opdracht. Zet het ze betaald, Mia!' Ze knipoogt.

'Ik meen het, hoor.'

Mathilda heeft haar wijn nog steeds niet doorgeslikt.

'Ik heb het al met Bob besproken. Na de kerst dien ik mijn ontslag schriftelijk in. Maar ik heb een opzegtermijn van twee maanden, dus voorlopig ben ik nog niet weg.'

'Ik kan je niet volgen. Dit is een grapje, toch?' vraagt Pamela en tegelijkertijd heeft Mathilda eindelijk de slok wijn weggekregen.

'Waar héb je het over?' roept ze uit. 'Ontslag? Je kunt geen ontslág nemen.'

'Nou... jawel. Dat kan best.'

'Wat...? Hoe...? Waarom dan?' vraagt Pamela verward.

'Het speelt al een tijdje.'

Mathilda proest. 'Een tijdje? Vanochtend zette je je volledig in om iedereen ervan te overtuigen dat jij deze opdracht moest krijgen. Dat wilde je toch? En nu? Is dit frustratie? Als je er zo van baalt dat jij niet gekozen bent, dan gééf ik jou die verdomde opdracht wel.'

'Je hoeft me niets te géven, Mathilda,' antwoord ik lichtelijk gepikeerd. 'En dank je dat je zo hard je best doet om mijn standpunt te begrijpen.'

'Nou, leg het dan uit.' Ze slaat haar armen over elkaar. 'Je staat hier maar rare dingen te verkondigen.'

'Het is niet raar. Ik was vandaag de laatste die aan het werk was op kantoor en ineens vroeg ik me af waar ik het allemaal voor doe.'

'Dus toch frustratie,' concludeert Mathilda.

'Als je het gevoel hebt dat je inzet niet gewaardeerd wordt, moet je dat aankaarten, Mia.' Pamela begint weer over mijn arm te wrijven. 'Wordt het je soms allemaal te veel? Burn-out kan ook bij jonge mensen voorkomen, hoor. Je denkt dat het je niet zal overkomen, maar...'

Mathilda ademt hard uit. 'Ze heeft geen burn-out, ze is gek geworden.'

'Misschien wel. Ik snap dat het raar klinkt. Maar zo voelt het helemaal niet. Ik besefte opeens dat ik me al heel lang niet mezelf voel.'

'Niet jezelf? Nu klink je niet als jezelf. Dit kun je niet menen.'

'Laat haar nou even uitpraten, Mathilda,' zegt Pamela.

Ik werp haar een dankbare blik toe. 'Misschien kan ik het niet uitleggen. Maar ik weet het gewoon zeker.'

Mathilda kreunt en laat haar hoofd moedeloos in haar handen zakken, maar nu zet ik door.

'Dit past niet bij me. Deze baan, deze kleren, deze schoenen! En ik weet dat ik er hard voor gewerkt heb om dit te bereiken. Daarom heb ik de gedachte elke keer weggeduwd, maar ik wil het niet meer wegduwen. Ik wil...'

'Ja, wat wil je dan eigenlijk wel?' vraagt Mathilda.

'Nou... ik...'

'Je weet het zelf niet eens.'

'Misschien begin ik wel voor mezelf.'

'Ja? En wat start je dan op? Een loopbaanbegeleidingsadviesbureau?'

'Een bloemenwinkel.'

'O, dat vond je vroeger al zo leuk.' Pamela knikt bemoedigend.

'Dat was een bijbaan, Pamela!' roept Mathilda. 'Dat is toch niet te vergelijken met dag in dag uit stengels schuin afsnijden? Je krijgt hier spijt van, Mia. Denk toch even na. In alle redelijkheid...'

'Mijn redelijkheid heeft me tot hier gebracht. Wie weet waar ik met een beetje fantasie nog kan komen,' antwoord ik.

'Maar wat als het misgaat?'

'Wat als het lukt?'

Ik glimlach en Mathilda rolt met haar ogen. Ze haalt haar hand door haar voorste haarlok. 'Wat ben je toch ook een rare. Je schopt alles in de war!'

Eindelijk komt er een jongen met een dienblad vol glazen wijn langs. Pamela neemt er voor ons alle drie een vanaf.

'Weet je, meiden...' zeg ik terwijl ik mijn glas bij de steel aanneem van Pamela. 'Drinken jullie er ook maar eentje namens mij. Ik denk dat ik liever naar huis ga.'

'Naar huis?' Mathilda drinkt vlug het overgebleven bodempje uit haar glas op en zet een nieuw glas voor zich neer. 'Eerst laat je hier een stinkbom vallen en dan ga je ervandoor? Is dit vanwege mij? Sorry als ik fel reageer, maar je weet hoe ik ben. Wij kunnen na al die jaren toch wel eerlijk tegen elkaar zijn?'

'Het ligt niet aan jou,' zeg ik. 'Al hoop ik dat je morgen wat bijgedraaid bent. Ik ben gewoon moe en ik wil naar huis. Even alles laten bezinken.'

'Ik hoop dat jij morgen bijgedraaid bent,' kaatst ze terug.

Ik kus mijn vriendinnen gedag, neem toch nog een klein slokje uit mijn glas en dan ga ik naar buiten. Het sneeuwt niet. Ik hoop altijd dat het gaat sneeuwen op kerstavond. En op deze kerstavond, waarop ik opeens besloten heb mijn leven om te gooien, was het zeker passend geweest. Maar ach, je kunt niet alles hebben.

Ik kijk naar boven, naar de kerstverlichting tussen de gevels van de winkel- en horecapanden en nog hoger, waar de sterren moeizaam door de bewolkte avond schemeren. Het begint te miezeren. Fijne regendruppels vallen uit de lucht en geven de straat een glanzende donkergrijze gloed. Ik steek mijn paraplu op en begin te lopen. Ik loop richting het oude centrum, waar het station ligt. Daar kan ik wel ergens een tram naar huis nemen. Het is lang geleden dat ik hier geweest ben, bedenk ik als ik het kleine gebogen bruggetje in het oog krijg dat het nieuwe centrum verbindt met het oude winkelplein aan het station. Vroeger kwam ik hier boodschappen doen met opa en oma. De herinnering is plots zo levendig dat ik de pijn aan mijn voeten vergeet en haast zonder nadenken het bruggetje oversteek. Onder de boog van het stadhuis door kom ik op het plein. Ik moet oppassen dat ik met mijn hoge hakken niet tussen de kleine keitjes blijf vastzitten.

De winkels zijn allemaal gesloten, maar ik blijf even staan voor de etalage van de boekhandel. De verlichting is hier wat minder uitbundig dan aan de andere kant van de brug, maar er hangen wat sfeervolle guirlandes en aan de gevel van het statige stationsgebouw brandt de kerstverlichting nog. Ik blijf even staan om het allemaal in me op te nemen en draai me dan om, om mijn tram te halen.

STOP!

Jeetje, wat nu weer? Heb ik nog niet genoeg gehoor gegeven aan die stem? Dan valt mijn oog op het leegstaande pand op de hoek. Het ziet er donker uit en niet al te best onderhouden. Vroeger was hier de bloemenwinkel waar ik altijd met oma kwam. *Een bloemenwinkel.*

Ik zet mijn hand tegen het raam en probeer er langs naar binnen te kijken. Het is te donker om veel te zien, maar een paar tellen lang stel ik me levendig voor wat ik ervan kan maken. Ik zie het voor me. Ik zie het helemaal voor me. Vanavond nog ga ik beginnen met het schrijven van een bedrijfsplan. Dit gaat lukken. Ik ben er diep van overtuigd. Ik nestel me dieper in mijn sjaal en verlaat het plein. De stem die steeds 'STOP!' tegen me riep, is nu verdacht stil. Iets zegt me dat ik hem niet meer zal horen.

Love Shack

Er staat een kleine trolley in de hoek van de kamer en een grote tas die ik altijd meeneem als ik een paar dagen van huis ben. Hij is perfect voor op reis. Het is ongelooflijk hoeveel spullen ik erin kwijt kan. En qua afmetingen valt hij ook nog precies binnen de regels voor handbagage die mee mag in het vliegtuig. Deze tas is mee geweest op al mijn stedentripjes, weekendjes weg en zakelijke overnachtingen van de afgelopen vijf jaar. Mijn laptop past er precies in. Hij heeft allerlei handige aparte vakken, waardoor ik van één compartiment een complete beautycase kan maken. En op de plaats van bestemming haal ik alle spullen eruit, zodat ik hem kan gebruiken als handtas.

Ik moest weinig inpakken, zei Brenda. Alleen het hoogstnoodzakelijke. Ik denk dat ze daarmee ongeveer de helft bedoelde van wat ik nu bij me heb. Maar dan had ze maar duidelijker moeten zijn over waar we heen gaan. Ik moest warme kleren inpakken, maar ook mijn bikini en een net jurkje. Volgens mij zei ze dat alleen om me in de war te brengen. Toen ik vroeg hoelang we precies wegblijven, kreeg ik een ontwijkend antwoord. Maar ach, ik zal de dag na kerst gewoon op mijn werk moeten zijn, dus langer kán ik niet eens wegblijven. Ik schijn de enige in onze vriendengroep te zijn die van niets weet. Alsof ze allemaal samenspannen tegen mij en ik een gezamenlijk liefdadigheidsproject van hen geworden ben. Ze blijven maar om me heen hangen, hoe vaak ik ook herhaal dat ik helemaal niet tegen de feestdagen opzie en dat het prima met me gaat. Al moet ik toegeven dat 'Het gaat prima' typisch zo'n zinnetje is dat elke keer dat je het zegt wat aan geloofwaardigheid verliest.

Maar toevallig gaat het echt best wel prima. Zie je? Nu geloof jij het ook al niet meer.

Maar het is dus wel zo. De nieuwe baan waaraan ik voor de zomer begonnen ben, bevalt me nog steeds. Ik heb nog genoeg uitdaging, maar de eerste slopende periode waarin ik vanwege de overload aan nieuwe informatie 's avonds soms tussen twee happen spaghetti door in slaap viel, is voorbij. Ik heb deze week zelfs al twee keer op werkdagen in de avonduren iets afgesproken, zo bruis ik van energie. De enige reden waarom mijn vrienden geloven dat ze zich als sociaal vangnet voor me moeten opwerpen is omdat mijn trip naar Canada niet doorgaat. Ik zou daar mijn vriend gaan bezoeken en kerst en oud en nieuw met hem doorbrengen, maar we kregen het praktisch gezien niet geregeld.

Ryan woont in Vancouver, waar hij een bedrijf runt dat rondreizen door Canada aanbiedt en verzorgt. Een van mijn eerste taken in mijn nieuwe functie als reisadviseur was een huwelijksreis plannen voor een nogal kritisch koppel. Ze hadden allerlei bestemmingen overwogen, maar kwamen er maar niet uit. Vanuit een persoonlijke interesse stelde ik op een bepaald moment Canada voor en dat idee sloeg aan. Terwijl ik een en ander aan het uitzoeken was voor mijn klanten, stuitte ik op het bedrijf van Ryan en mijn bazin vond het een goed idee dat ik zou uitzoeken of een samenwerking tussen ons reisbureau en Ryans bedrijf mogelijk was. Na wat mailverkeer kwam ik telefonisch met hem in contact en je zou kunnen zeggen dat er meteen een soort klik tussen ons was. Hij kan zo enthousiast over zijn werk vertellen dat we daar gewoon niet over uitgepraat raakten. Binnen no time had hij me ervan overtuigd om met hem in zee te gaan. Dus ik legde mijn aanbeveling voor aan mijn bazin, waarop zij besloot dat ik dan maar eens een proefreis moest maken. Naar Canada! Wat zo'n beetje in mijn top vijf van droombestemmingen stond! Mijn proeftijd was nog maar net voorbij en ik mocht al zo'n geweldige reis maken? Dan moesten ze wel ontzettend tevreden zijn over mijn functioneren. Al zal het feit dat mijn collega hoogzwanger aan haar bureau zat ook wel in mijn voordeel gewerkt hebben. Hoe dan ook, voor ik het wist was het allemaal geregeld en halverwege september vloog ik naar Canada.

Ik zal eerlijk zijn: een relatie op afstand is niet ideaal, en het was ook eigenlijk wel het laatste waar ik op uit was, maar soms moet je iets een kans geven. Dus toen Ryan me een paar dagen na mijn terugkeer uit Canada opbelde om me te vertellen dat hij alleen maar aan mij kon denken en dat hij niet kon wachten om – als ik dat goedvond – een ticket naar Nederland te boeken om mij zo snel mogelijk weer te kunnen zien… nou… toen besloot ik dat een relatie op afstand met Ryan altijd nog beter was dan helemaal géén relatie met hem. Onze relatie nadert nu de driemaandengrens. Het was onze bedoeling om dit mini-jubileum samen te vieren tijdens de feestdagen. Ik zou ze bij hem in Vancouver doorbrengen en dan ook zijn ouders ontmoeten. Maar ik stond logischerwijs dik in de min met mijn vakantiedagen. Dus nu zie ik Ryan pas volgend jaar weer en ga ik niet naar Vancouver, maar met mijn vriendenclubje naar een huisje op de hei. Of zoiets. Geen idee wat ze geregeld hebben en waarvoor ik zo krankzinnig vroeg mijn bed uit moet straks. In navolging van Brenda's instructies zet ik de wekker om halfzes. Mijn spullen staan ingepakt klaar en op de stoel in mijn slaapkamer ligt een setje kleding, zodat ik morgenvroeg niet hoef te bedenken wat ik aan moet (en ik stiekem nog een keer op de snoozeknop kan drukken als de wekker gaat). Wat over minder dan zes uur is. Slapen nu!

De volgende ochtend word ik wakker, maar niet om halfzes en ook niet van de wekker. De rode cijfertjes geven 05:56 aan en het geluid van mijn deurbel dringt snerpend en aanhoudend mijn slaapkamer binnen. Shit! Te lang gesnoozed. Bren is er al. Ik schiet overeind en in een poging te doen alsof ik me aan de afspraak gehouden heb, trek ik vóór ik opendoe vlug mijn kleren aan en gris ik in de badkamer mijn tandenborstel mee. Ik mors een klodder tandpasta op de badmat, stap daaroverheen en ren de trap van mijn krappe huurwoninkje af. Zodra ik de voordeur opendoe, word ik verblind door een gigantisch licht van een triljoen megawatt. Ik wankel achteruit, vraag me af of dit een nieuwe methode van woningoverval is en probeer dan de deur weer dicht te doen. Maar dan hoor ik een ongekend blije en wakkere vrouwenstem mijn naam zeggen.

'Tess? Jij moet Tess de Jaeger zijn! Klopt dat?'

Ik heb geen idee of dat klopt. Ik weet mijn eigen naam niet meer, maar met die lamp op mijn gezicht gericht beken ik alles. 'Brenda?' vraag ik aarzelend. Ook al klinkt de stem totaal niet als die van mijn vriendin, toch komt die me vaag bekend voor.

'Brenda heeft ons geschreven, inderdaad! Heb je enig idee waarom ze dat gedaan kan hebben?'

'Geschreven?' Ik hef mijn hand op en probeer tegen het licht in te kijken. 'Wat is dit? O god...' Met mijn hand half voor mijn ogen word ik naast de felle lamp een microfoon op een lange stok gewaar, die bediend wordt door een man in parka, met oorwarmers op zijn hoofd. Daarnaast zie ik golvend blond haar onder een bevallig mutsje uit komen. De gigantisch wakkere vrouwenstem hoort bij een dame die ondanks het absurd vroege tijdstip volledig in de make-up zit en die me met grote ogen blij aanstaart. Achter deze twee figuren staat een touringcar die de halve straat in beslag neemt. Dan pas, als ik de banner op de zijkant van de bus zie met daarop het o zo bekende *LOVE SHACK*-logo, merk ik de cameraman op. Dan besef ik dat ik voor nationale televisie gefilmd wordt. Met mijn ongekamde haren. Zonder een spoortje mascara. Met een mond die schuimt van de tandpasta. En mijn shirt achterstevoren aan. Ik smijt de deur dicht.

Ik haat Brenda. Ik háát haar. Ik moet mijn telefoon hebben. Het kan me niet schelen hoe vroeg het is. Ze mag nú haar lekker warme bedje uit komen en hoe ze het doet maakt me niet uit, maar ze zorgt er maar voor dat die mensen van mijn stoep verdwijnen. Ik zoek haar nummer in mijn lijst van recente oproepen en wacht tot de telefoon overgaat. In de kleine open keuken gooi ik mijn tandenborstel op het aanrecht.

Inmiddels staat Lorraine, voormalig kindsterzangeresje-slashactrice-slash-presentatrice, van het romantische, tranentrekkende, feelgood, kersttelevisiefenomeen LOVE SHACK op mijn voordeur te kloppen.

Brenda voelt de bui natuurlijk al hangen en is zo slim om niet op te nemen. Ik ben te boos om haar via de voicemail uit te schelden, dus ik hang op en laat de telefoon ergens bij mijn tandenborstel neerkomen. Terwijl ik me met de handen in het haar sta af te vragen wat ik nu moet doen, kleppert mijn brievenbus en hoor ik de blije stem van Lorraine door de opening sijpelen.

'Tess? We zijn hier namens je vrienden, die jou een heel bijzondere kerst gunnen. Zou je open willen doen? Ik wil heel graag even met je praten.'

Ik probeer na te denken, maar mijn hoofd voelt verbijsterend leeg. Ik draai de kraan open. Plens wat water in mijn gezicht, spoel de laatste resten tandpasta weg en neem nog een paar slokken om te kalmeren. Dan loop ik terug naar de voordeur om nogmaals open te doen.

Om 7.18 uur zit ik in de touringcar van LOVE SHACK, die langzaam mijn straat uit draait en daarna in volle vaart richting Schiphol koerst. Ik ben de laatste passagier die aan boord komt. Drie vrouwen en twee mannen zijn me voorgegaan, wat het formaat van deze touringcar een beetje overdreven maakt. Ik pieker er overigens niet over om ook maar ergens heen te gaan met deze mensen. Ik moet alleen nog even het juiste moment vinden om mijn besluit aan de organisator van dit hele spektakel mee te delen. Ik weet alleen niet precies bij wie ik dan moet zijn.

Naast mijn vijf medeslachtoffers zijn er nog wel enkele andere mensen aan boord van de bus, maar ik heb geen idee wie wie is en wat ze precies doen. Maar een van hen is vast de programmaleider en zodra die mijn kant op komt – ik zal uiteindelijk toch enige vorm van instructie moeten krijgen? – vertel ik hem heel vriendelijk '*Thanks, but no thanks*'. Dit hele gebeuren is gewoon niet aan mij besteed. Dat probeerde ik Lorraine immers aan mijn voordeur al duidelijk te maken, maar ik heb nu al in de gaten dat er met dat mens niet echt te praten valt. Ze werkt duidelijk een script in haar hoofd af en als ik iets zeg wat zij niet ingecalculeerd heeft – zoals: 'Ik ga niet mee.' – geeft zij zo snel mogelijk een ingestudeerd antwoord om het script weer op de rit te krijgen, zoals: 'Kom lekker even mee naar de bus. Dan leggen we onderweg alles uit. Pak vlug je spullen!'

En uiteindelijk blijkt dat dus te werken, want hier zit ik nu. Ik voel me wel enigszins schuldig dat ze mij straks uit alle beelden vanuit de bus moeten knippen, maar dan moeten ze dat overvalgedoe maar iets subtieler aanpakken en luisteren naar wat ik te zeggen heb. Een telefoontje vooraf had hun al deze moeite kunnen besparen. Maar geen nood, ik pak vanaf het vliegveld gewoon de eerste trein terug naar huis en dan vermoord ik Brenda omdat ze me deze streek geleverd heeft. Hoe kan ze denken dat ik het ook maar in de verste verte zou zien zitten om mee te doen aan zo'n programma? Waarschijnlijk heeft ze in een vlaag van Brendiaanse impulsiviteit haar eigen enthousiasme over deze show geprojecteerd op mij. Brenda zit elke kerstavond aan de buis gekluisterd voor dit programma en ze twittert de hele avond live haar commentaar. Daarnaast stuurt ze mij de hele uitzending door berichtjes om me te vertellen dat ze haar ogen uit de kop zit te huilen en dat ik de televisie echt nú aan moet zetten, omdat ik anders het meest spraakmakende liefdesverhaal óóit mis.

Ik kan me best voorstellen dat sommige mensen het geweldig zouden vinden om uitverkoren te worden voor een programma als dit. Maar ik ben niet zo iemand. Ik ben niet zoals Brenda. Of zoals het meisje dat twee stoelen voor me zit. Trillend van spanning zit ze haar verhaal te doen aan Lorraine, die almaar begripvol knikt, over de arm van het meisje wrijft en 'Ach, wat prachtig!' roept.

Ik denk dat het meisje iets jonger is dan ik. Volgens mij studeert ze nog, want ik ving zojuist op dat ze tijdens een stage in het buitenland ontzettend verliefd is geworden op ene Jorge (als ik het goed heb verstaan). En Jorge is de knapste jongen die ze ooit heeft gezien en natuurlijk dacht ze dat hij nooit op háár zou vallen. Tot die avond bij het kampvuur, want toen keek hij haar tussen de vlammen door steeds zó ontzéttend doordringend aan. En de aantrekkingskracht was zó ontzéttend groot. Daar konden zij en Jorge zich gewoon niet tegen verzetten. Maar na vier ontzéttend romantische maanden moest ze terug naar Nederland. Ze zou het liefst meteen daar gebleven zijn, maar ze moest haar studie natuurlijk nog afmaken. En Jorge kan het zich niet veroorloven hierheen te komen. En hij zorgt ook nog voor zijn moeder, die ook al een dagje ouder wordt, en al het geld dat hij verdient als paardenverzorger op een Mexicaanse ranch gaat op aan de zorg voor haar.

Tegen de tijd dat het meisje bij dit gedeelte van het verhaal is beland, begint ze natuurlijk te huilen, waarbij Lorraine nog begripvoller gaat knikken en nog harder over de arm van het meisje wrijft, terwijl de cameraman zo close mogelijk inzoomt op de stromende tranen.

'Nou, hè toch...' zegt Lorraine. 'Moeilijk allemaal, hoor. Maar wat een prachtverhaal.'

'We houden z-zoveel van elkaar en w-we willen gewoon samenzijn...' stamelt het meisje door haar tranen heen.

'En dan zijn de kerstdagen extra moeilijk, hè?' gaat Lorraine begripvoller verder dan je je bij 'begripvol' maar kunt voorstellen. 'Niemand wil met kerst alleen zijn.' Hierbij werpt ze een blik in de camera. Het is de catchphrase van het programma en ik zal hem alleen al tijdens de rit naar het vliegveld vast tienduizend keer moeten aanhoren. 'Nou, hè...' Lorraine geeft nog een klopje op de elleboog van het meisje, dat nu zo'n beetje naast haar zit in te storten. 'We gaan er met z'n allen een bijzonder weekend van maken. Laat het allemaal maar lekker over je heen komen.'

Het meisje kijkt Lorraine met trillende onderlip aan. 'O-oké...' Terwijl Lorraine opstaat en zich naar de achterkant van de bus begeeft, blijft het meisje met grote ogen vragend om zich heen kijken.

Kom op, zou ik tegen haar willen zeggen, ze kunnen zo mysterieus doen als ze maar willen, maar we weten toch allemaal wat er gaat gebeuren? We worden met z'n allen naar de LOVE SHACK gebracht. Een enorme berghut die in een prachtig besneeuwd landschap staat (volgens mij ergens in Noorwegen). Daar maken we voor het groepsgevoel samen een haardvuur aan en we decoreren een gigantische kerstboom terwijl we onze beurt afwachten om ons hartverscheurende verhaal aan Lorraine kwijt te kunnen. Dan verschijnen er brieven en videoboodschappen van onze geliefden, die ze helaas niet konden overvliegen. En dan worden we om de beurt weggelokt voor een activiteit die alleen leuk is als je met je geliefde zou zijn – zoals een luchtballonvaart of een sledetocht met van die prachtige huskyhonden, of een picknick op een afgelegen bergtop. En net als je je dan helemaal eenzaam en verpieterd voelt, dan komt plots uit het niets je geliefde opdagen, wat je dan echt niet meer had verwacht, waardoor jij – en een paar miljoen kijkers zoals Brenda – je de ogen uit de kop huilt. Terwijl je natuurlijk al de hele tijd op je klompen kon aanvoelen dat die verre liefdes ergens in een nabijgelegen hotelletje zaten te wachten tot ze hun grootse entree mochten maken. Die Jorge van jou zit allang in het vliegtuig onderweg naar Noorwegen, zou ik het meisje willen toefluisteren. Even voel ik me erg tevreden dat ik het allemaal zo goed doorzie, maar dan dringt er iets tot me door.

Als haar Jorge nu onderweg is naar Noorwegen, dan is mijn Ryan dat ook. En als ik dan straks op de eerste trein vanaf Schiphol naar huis stap, dan zit hij daar in zijn eentje in die godvergeten LOVE SHACK tussen de kleffe stelletjes. Het enige wat erger is dan meedoen aan een afgrijselijk televisieprogramma als dit, is meedoen terwijl degene op wie je verliefd bent afhaakt. Dat kan ik Ryan niet aandoen.

'Hallo,' hoor ik naast me. 'Ik ben Joost. Je kunt de komende dagen bij mij terecht met al je vragen. Ik kan je alleen niet garanderen dat ik je ook de antwoorden geef.' Hij grinnikt om zichzelf en ploft naast me neer. 'Om te zorgen dat het gesprek met Lorraine straks lekker soepel verloopt, kom ik het interview nu alvast met je oefenen. Is dat oké?'

O mijn god. Ik zit in *LOVE SHACK* en ik kan er niet uit. En dan is het mijn beurt om een klein beetje in te storten.

*

Toegegeven: toen ik Ryan voor het eerst ontmoette, schrok ik van hem. We hadden afgesproken op zijn werk, het kantoor in de wijk Gastown vanwaaruit de planning voor de rondreizen gedaan werd. Ik verwachtte niet dat hij zo knap zou zijn als op de foto die hij gebruikte op zijn website. In het gunstigste geval was dat een gephotoshopte versie van zichzelf, maar ik vermoedde eerder dat er gebruikgemaakt was van een model. Niemand ziet er in het echt zó knap en atletisch uit. Ik was er dus op voorbereid dat hij niet op zijn foto zou lijken en dat hij niet half zo aantrekkelijk zou zijn als zijn krachtige, diepe, maar toch sympathieke stem die ik kende van onze telefoongesprekken deed vermoeden. Maar ik rekende ook weer niet op wat ik te zien kreeg toen hij het kantoor binnenstapte waar ik een paar minuten daarvoor door zijn assistente naartoe geleid was om op hem te wachten.

Hij was enorm. Als in lang én breed en hij leek wel overal haar te hebben. Hij leek nog het meest op wat ik me voorstelde bij een yeti. Zijn haar – en dan bedoel ik dat wat boven op zijn hoofd groeide – stak alle kanten op. En zijn gezicht ging half verscholen achter een woeste baardgroei. Toen hij zijn kolenschop van een hand naar me uitstak, durfde ik me een paar tellen lang niet te verroeren omdat ik bang was dat hij elk botje in mijn hand zou kraken als hij die zou schudden. En nadat hij tegenover me aan tafel ging zitten – en ik opgelucht constateerde dat ik mijn hand nog kon gebruiken – kon ik nog steeds geen woord uitbrengen. Ik speurde zijn gezicht af naar trekken die overeenkwamen met dat aantrekkelijke model op de foto. Maar ik zag ze niet. Ik herkende niets van de man die ik de afgelopen weken een beetje dacht te hebben leren kennen. Tot hij begon te praten en meer zei dan het bij zijn binnenkomst gehaast uitgesproken '*Aye*, Tess. *How you doing? Nice to meet you*!'

Hij vertelde me dat hij net terugkwam van een tocht door de Rocky Mountains. Deze ochtend was hij wakker geworden van een troep elanden die kwam drinken bij een beekje vlak bij zijn tent, wat bijzonder is omdat elanden solitaire dieren zijn. Het enthousiasme in zijn stem was vertrouwd en dat was de reden dat ik het nog aandurfde om later op de dag met hem af te spreken op de Seawall Promenade bij Stanley Park. Daar zou onze trip dan officieel beginnen.

Omdat Ryan nog wat voorbereidingen moest treffen, had ik eerst wat tijd voor mezelf die ik besteedde aan het verkennen van de wijk met de vele winkeltjes, eettentjes en galerieën. Ik bewonderde de muurschildering *A Culinary Love Affair* in Cambie Street en nam de tijd om de tekst te lezen over een kok die in vervoering raakt van de heerlijke geur die uit het open raam van de bakker stroomt. Ik kreeg meteen trek en nam even pauze bij The Baker & The Chef met een versgebakken kaneelbroodje en een café latte.

Daarna ging ik alvast naar het park, dat veel groter was dan ik verwachtte. Onderweg naar de afgesproken plek liep ik over de promenade die op een prachtige nazomerdag als deze bezaaid was met fietsers, skaters en wandelaars. Ik deed er langer over dan ik gedacht had, vooral omdat ik de hele tijd afgeleid raakte door het uitzicht. Een skyline van hoge gebouwen en bergen, waar ik steeds vol verwondering voor bleef stilstaan om het allemaal in me op te nemen. Ondertussen was ik zo laat dat Ryan vast al op me zou staan wachten. Maar toen ik eindelijk bij de ontmoetingsplek aankwam, zag ik hem niet. Ik zocht de omgeving af, maar de yeti-man met wie ik eerder op de dag kennisgemaakt had, zou toch niet zo moeilijk te spotten moeten zijn? Misschien had ik verkeerd begrepen waar ik hem zou treffen. Ik opende mijn schoudertas om de plattegrond die ik bij me had nog eens te bekijken toen ik zijn stem hoorde die mijn naam riep. Ik draaide me om en zag iets verderop op de promenade een man met een wijds gebaar naar me staan zwaaien. Hij had twee fietsen bij zich, wat overeenkwam met de planning voor vanmiddag, een fietstocht door de stad. En hij riep voor de tweede keer mijn naam. Alles wees er dus op dat het hier ging om de man met wie ik een afspraak had. Alleen leek hij in de verste verte niet op de Ryan van vanochtend.

Aarzelend begon ik naar hem toe te lopen. Ik zag goed in model zittend donker haar. Een perfecte *all american* (of beter gezegd, *all canadian*) *smile* die extra opvallend van het knappe gezicht afspatte omdat er geen enkele gezichtsbeharing te bespeuren was die dat perfecte gebit verhulde. *Hij heeft een andere gids gestuurd*, dacht ik nog even, maar opeens herkende ik de Ryan van de foto. En die stem, dat was zíjn stem. Weer stond ik verward tegenover hem, precies zoals vanochtend. Ik probeerde hem ditmaal wel normaal te begroeten, maar weer lukte dat niet zo best.

En blijkbaar viel dat op, want hij wees naar zijn hoofd en zei in langzaam Engels, alsof ik het anders niet zou begrijpen: 'Haargel…' Om vervolgens naar zijn kin te wijzen. 'Scheermes…' En daarna met een vaag gebaar naar zijn gehele lijf te verwijzen. 'En mijn eerste douche in vijf dagen.' Hij glimlachte nog eens die tandpasta-glimlach. 'En deodorant. Doet wonderen.'

'S-sorry, ik herkende je eventjes niet,' antwoordde ik lichtelijk van slag.

'Dacht je dat ik er altijd zo uitzie als vanochtend? Ik kwam rechtstreeks uit de wildernis. Had je mijn foto niet bekeken op mijn website? Ik de jouwe wel.'

Wow, hoe laat hij dat zó flirterig klinken? Ik voel me helemaal rood worden.

'Kom hier,' zei hij. 'Laat me je eerst maar eens fatsoenlijk welkom heten.' Hij trok me in een gigantische berenknuffel en hij rook héérlijk.

Even schoot een beeld van mezelf door mijn hoofd waarin ik net als de chefkok van de muurschildering midden in de nacht verrukt wakker werd van Ryans geur die me naar hem toe lokte.

Hij liet me los en drukte een fietshelm in mijn hand. 'Het is niet onze gewoonte om gasten meteen een halve dag aan hun lot over te laten, maar zoals je kunt zien, moest ik echt eerst nog even naar huis. Ben je klaar voor een paar van de meest onvergetelijke indrukken van je leven?'

Ik knikte en besefte toen iets. 'O, eh, kan ik straks echt vijf dagen niet douchen?' Want daar had ik niet op gerekend.

'Niet vijf dagen. Je hebt geluk. Er is flinke regen voorspeld halverwege de week.' Hij keek me een paar tellen bloedserieus aan en grinnikte toen. '*Just relax and go with it.*' Hij gebaarde naar de fiets alsof het een prijs was die ik gewonnen had.

En zo voelde het eigenlijk ook wel toen ik opstapte en voor hem uit reed.

*

Lorraine zit me dromerig aan te kijken en ik besef dat ik zojuist uitgebreid mijn equivalent van het Mexicaanse-paardenverzorger-op-de-ranch-verhaal heb zitten vertellen. En ik was nog zó van plan dit niet serieus te nemen en dat ook goed te laten merken... Het zal door de ijle lucht van het vliegtuig komen dat ik zo meegaand ben, want inmiddels zijn we opgestegen en onderweg naar de enige echte LOVE SHACK. In de bus had Lorraine geen tijd meer voor me, maar in het vliegtuig kwam ze meteen naast me zitten, en hoewel ik niet veel zin had om haar van alles over Ryan en mij te vertellen (ik bedoel: wie boeit dat?) vergat ik toch na een paar zinnen dat er een camera draaide. Voorlopig heeft ze blijkbaar genoeg materiaal, want ze seint iets naar de cameraman en die stopt met filmen.

Ze maakt haar riem los om op te staan en een volgende kandidaat het hemd van het lijf te vragen. Ik zak wat achterover in mijn stoel en probeer me te ontspannen. Dan zit ik maar in een tv-show waar het hele land massaal naar kijkt op kerstavond. Wie onthoudt dat nou? Er wordt één dag over nagepraat en dan is iedereen het weer vergeten. *No biggie.*

'Hé, hallo!' hoor ik naast me en de plek waar Lorraine zat, wordt ingenomen door een oudere man, die ook in de bus zat. Ik begin een beetje in te kakken na alle consternatie van vandaag en zou het liefst even mijn ogen dichtdoen voor een dutje. Maar de man naast me ziet er klaarwakker uit en kijkt me aan alsof hij niet kan wachten een praatje aan te knopen. 'Ik geloof dat we nog niet kennisgemaakt hebben. Ik ben Martin.'

Ik heb al zoveel gepraat tijdens deze vlucht dat ik het liefst met dichtgeklemde ogen zou doen alsof ik in een diepe slaap ben, zodat ik hem kan negeren. Maar ja. Zo ben ik niet. 'Tess,' antwoord ik.

'Lorraine wilde even op mijn plek zitten,' verklaart hij. 'Ben jij Canada?'

Ik wil iets flauws antwoorden: nee, ik heb een vriend in Canada, maar ik bén gewoon Tess. 'Eh... ja, zo zou je het kunnen zeggen. In televisietermen.'

Hij knikt enthousiast. Alsof hij er alles al van weet.

'En jij?'

'O, wist je dat niet? Ik ben de verrassing.'

'De verrassing?'

'Ja!' antwoordt hij gretig. 'In elke aflevering zit toch een verrassing? Iemand die niet weet waarom hij in het programma zit? Nou, dat ben ik dus!' Hij wijst achter zich. 'En dat daar is de single. Iemand vindt hem leuk, maar hij weet nog niet wie en hij krijgt de romantische overval.'

'De romantische overval?'

'Je weet niet veel van dit programma, hè?'

Ik schud een beetje beschaamd mijn hoofd. 'Niet echt. Mijn vriendin Brenda is er dol op. Ik vermoed dat zij dit allemaal geregeld heeft.'

'Aha,' zegt hij. 'Eerlijk gezegd heb ik zelf ook wel een klein vermoeden van wie hierachter zit, maar ik speel gewoon mee. Ik ben immers de verrassing. Het zou niet leuk zijn als ik het bederf.'

'Daar heb je een punt.'

'Maar ik kan het jou wel vertellen. Mijn vrouw heeft me opgegeven.'

'O, dat is lief van haar,' zeg ik omdat ik zie dat hij zwaar verguld is met de hele situatie. 'Plannen jullie vaker zulke... romantische verrassingen voor elkaar?'

'Niet echt.'

'Maar hoe weet je dan dat zij dit geregeld heeft?'

'We hebben een moeilijke tijd gehad. Ze is ziek geweest en ik heb voor haar gezorgd. Daar is ze me heel dankbaar voor. En ik zeg haar steeds dat het vanzelf spreekt. Zoiets doe je toch voor elkaar? "In goede en in slechte tijden" hebben we elkaar beloofd. Maar ik merkte aan haar dat ze ergens op zat te broeden. En de buren zitten in het complot. Die vroegen zo opzichtig of we nog plannen hadden voor de kerst. Zou me niets verbazen als ze dit hele plan samen met Ada hebben zitten uitbroeden. Stelletje konkelaars. Sorry, ik verveel je toch niet?'

Ik probeerde net een geeuw te onderdrukken. 'Nee, helemaal niet. Ik ben nogal moe. Weinig slaap gehad en dit alles is natuurlijk een beetje overweldigend.'

'Zeg dat wel. Maar trek je van mij niks aan. Doe gerust een schoonheidsslaapje. Je wilt niet met donkere kringen onder je ogen in beeld straks.' Martin begint in het blaadje met taxfreeartikelen te neuzen.

'Nee, precies.' Ik sluit mijn ogen even, maar mijn sluimerige gevoel is verstoord door het geklets van Martin. Opeens klinkt het geronk van de motoren oorverdovend en ik denk niet dat ik nog in slaap zal vallen. Toch hou ik mijn ogen maar even gesloten, om niet weer sociaal te hoeven doen. Ik hang een beetje achterover in de krappe stoel en hoor dat Lorraine achter me plaatsneemt. Zo te horen kwebbelt ze druk met iemand van de productie. Ze praat op samenzweerderige toon tegen hem.

'Geloof me maar, na zoveel seizoenen *LOVE SHACK* ben ik behoorlijk goed geworden in dit soort voorspellingen. Canada gaat de harten van de kijkers stelen. Ik weet het zeker, zij worden het koppel waar iedereen straks over praat. Trending topic! Gegarandeerd!'

Ik schrik op in mijn stoel en vraag me met opengesperde ogen doodsbenauwd af of dit het geschikte moment is om op te biechten dat ik niet meer zo heel erg verliefd op Ryan ben.

*

Na de fietstocht door Vancouver liet Ryan me de stad nog eens zien, maar ditmaal vanuit de lucht. Met een watervliegtuig stegen we op vanaf een startbaan van water en we vlogen over Vancouver Island, Victoria en de Strait of San Juan de Fuca, met schitterende diepblauwe inhammen tussen groene heuvels. De dagen erna spotten we orka's vanaf een vissersboot aan de kust van Telegraph Cove, zagen we grizzlyberen naar zalm vissen en maakten we een tocht langs de fjordenkust.

Daarna begonnen we aan een lange roadtrip landinwaarts. Via Whistler, naar Clearwater, naar Jasper National Park, naar Banff National Park. We reden gemiddeld zes uur per dag, maar overal wist Ryan wel plekken te vinden die de moeite waard waren. Of het nu de totempalen uit de tijd van de indianen in British Columbia waren, de rit per paard door Wells Gray Provincial Park, of de ruig stromende watervallen van Jasper. We sliepen in kleine bed and breakfasts of stoere houten lodges. En ik kon elke dag douchen!

De laatste twee dagen van mijn Canadareis brachten we in de Rocky Mountains door, in een natuurgebied nabij Lake Louise, een gletsjermeer met verbijsterend blauw water, waar ik het liefst zo ingedoken was. Helaas hadden we geen tijd om meteen het meer in of op te gaan, want we moesten ons nog installeren op onze kampeerplek. Na een korte wandeling kwamen we op een open plek tussen de bomen waar een tipi stond. In de schemering grilde Ryan vis op de barbecue en pofte hij aardappels en maiskolven.

'Dus, geen douche...' zei ik terwijl ik aan de picknicktafel naast de tipi aan mijn maiskolf knabbelde.

'Geen douche.' Ryan keek even naar de lucht. 'En voorlopig ook geen regen.' Hij keerde de vis om voor hij tegenover me aan de picknicktafel schoof. 'Je bent het buitenleven niet echt gewend, hè?'

'Heus wel!' antwoordde ik. 'Zie ik er soms niet helemaal in mijn element uit?'

'Bijna,' zei hij. Hij stond weer op en verdween in de tipi om terug te keren met twee flesjes Molson Canadian-bier, die hij voor me neerplantte. '*That's more like it.*'

Ik zette grote ogen op. 'Is er een koelkast daarbinnen?'

'Naast de vaatwasser.'

'Is dit jouw manier om me duidelijk te maken dat je me verwend vindt, zonder het daadwerkelijk uit te spreken?'

'Nah,' deed hij, wat van alles kon betekenen.

'Ik kan er ook niks aan doen dat ik niet opgegroeid ben met… dit alles…' Ik gebaarde naar de weidsheid om me heen. 'Bij ons zijn kinderen al blij als ze een…' Ik zocht het Engelse woord voor wipkip, maar vermoedde dat hij nog nooit gehoord had van een 'whobblechicken'. Het lukte me ook niet om klimrek te vertalen, dus gaf ik het op. 'Als ze een klein speelveldje achter hun flatgebouw hebben.'

'Wij gingen altijd kamperen. Al vanaf dat ik klein was. Niet zo luxe als hier.'

'Dit noem je luxe?'

'Er staan bedden in de tent.'

'Met keiharde matrassen.'

We lachten allebei hardop en Ryan roteerde het visje nogmaals. 'Ik wilde het eigenlijk pas zeggen als ik je vanavond laat een kuil had laten graven om naar de wc te gaan, maar als je vijf minuten die kant op loopt, kom je bij een gigantische lodge, met zwembad, jacuzzi en restaurant waar we gebruik van kunnen maken. En de douches en toiletten zijn die kant op…'

'Er is een jacuzzi? En dat zeg je nu pas?'

'Dit is onderdeel van een groot resort. We slapen één nacht hier en morgen krijg je een luxe kamer in de lodge. Dan heb je tenminste een comfortabel bed tijdens je laatste nacht in Canada.'

Ik werd treurig van die gedachte. Dat ik al bijna naar huis ging. 'De week is zo snel gegaan.'

Ryan kwam naast me zitten en legde de gegrilde vis op mijn papieren bord. 'Ik had het leuk gevonden om je echt mee de wildernis in te nemen.'

We hadden watervallen gezien, wilde elanden, beren, orka's, zeearenden, de blauwste meren ter wereld, hoge besneeuwde bergtoppen. En nog was er blijkbaar een Canada dat ik niet kende. Ik wilde dat hij het me liet zien.

'Volgende keer dan maar,' zei hij.

Ik keek hem aan en glimlachte. 'Volgende keer, ja.'

Hij keek lang terug, voor hij naar mijn bord knikte. 'Eet.'

'Ja!' Ik pakte zijn bordje en verdeelde de vis tussen hem en mij.

Ondertussen ontfermde Ryan zich weer over de barbecue, waar de aardappels bijna gaar waren.

Na het eten dronken we nog een flesje Canadees bier, waarna ik me behoorlijk rozig voelde. De lange autoritten, alle indrukken en de buitenlucht versterkten het effect van de alcohol. We bespraken alle hoogtepunten van de afgelopen dagen en ik beloofde dat ik deze reis en zijn bedrijf zou aanbevelen aan zoveel mensen als ik maar kon. Ik zou al mijn klanten naar hem toe sturen!

We lachten en maakten plannen om de volgende dag te gaan kajakken op het meer. Hij kende een afgelegen strandje waar we konden aanmeren en zwemmen, als ik het niet te koud zou vinden.

Toen het later en stiller om ons heen werd en het geluid van onze stemmen steeds verder leek te dragen, werden wij ook rustiger. Ik luisterde naar geluiden die ik helemaal niet kende. Pure natuurgeluiden. Ik verwonderde me erover hoe alles zo ongerept kon aanvoelen, ondanks dat hier massa's toeristen kwamen. Het voelde niet toeristisch, op geen enkele plek waar ik met Ryan was geweest. Het was alsof we overal de enige twee mensen waren.

Toen ik me in de tent omkleedde om naar bed te gaan, leek het me opeens zonde om te gaan slapen. Tijdverspilling. Ik zou hier niet lang meer zijn. Ik wilde niets missen.

'Tess,' hoorde ik Ryan buiten de tipi zacht roepen. Het klonk aangenaam en herinnerde me aan de telefoongesprekken die we voerden voor ik hierheen kwam. Alleen geluid. Geen beeld. 'Ben je al naar bed gegaan?'

'Nee.' Ik keek door de opening van de tipi.

Ryan had een slaapzak en een deken uitgespreid op het gras voor de tent. 'Wil je nog even naar de sterren kijken voor je gaat slapen? Het is een krankzinnig heldere nacht.' Hij ging zitten en klopte naast zich op de slaapzak.

Het was waar. We bleven een hele tijd in kleermakerszit naar de hemel staren, tot we stijve nekspieren kregen en steeds verder achteroverleunden. Ryan ging als eerste liggen en daarna strekte ik me ook uit.

'Jij moet wel het mooiste werk ter wereld hebben.'

'Dat kan ik niet betwisten.'

'Maar...' Het duurde even voor ik verder praatte, omdat ik het door het schouwspel boven ons simpelweg vergat. 'Is het niet eenzaam? Af en toe?'

Hij was ook even stil. Ik wist niet of hij ook vergat te antwoorden, of het gewoon liever niet wilde. 'Alleen is niet per se eenzaam.'

'Nee. Maar dit soort momenten... zou je die niet met iemand willen delen?'

'Ik deel ze nu met jou. Voel jij je op dit moment eenzaam?' vroeg hij laag, op de half fluisterende toon die we automatisch aannamen.

'Nee. Maar thuis wel. Soms.' Zo zachtjes durfde ik het opeens uit te spreken. Ik wilde niet meer naar huis. Ik wist het plots heel zeker, dat ik voor altijd hier wilde blijven.

'Is er niemand die thuis op jou wacht? Dat geloof ik niet. Zijn Nederlandse mannen zo stom?'

Ik moest even lachen. 'Er was iemand. Maar dat is voorbij. Al een tijdje. En...'

'En?' moedigde hij me aan toen ik niet verderging.

'Degene die ik leuk vind, ziet mij niet zitten.'

'Heeft hij dat gezegd?'

'Nee. Dat weet ik gewoon. Hij heeft een relatie. Al heel lang.'

'Weet hij hoe jij over hem denkt?'

Ik draaide mijn gezicht naar Ryan toe en daarna, langzaam, de rest van mijn lijf.

Hij bewoog zich niet. Ik zag hem niet eens knipperen terwijl hij naar boven staarde.

'Dat kan ik hem niet zeggen.'

'Het zou de boel kunnen veranderen, denk ik zo.' Nu knipperde hij pas. Verder lag hij nog steeds volkomen stil. 'Jij lijkt me iemand die de boel verandert.'

'Waarom denk je dat?' Ik richtte me een beetje op. Ik wilde dat hij naar me keek. Het voelde alsof dát de boel zou veranderen en het was de enige verandering die ik nu wenste.

Maar hij deed niets. Helemaal niets. Het leek wel een minuut te duren voor hij toch antwoord gaf.

'Omdat ik deze lucht al zo vaak gezien heb… maar met jou lijkt hij volkomen anders.'

We deden niets die nacht. We keken nog heel lang naar de sterren, tot ik op een bepaald moment in slaap viel. Het was zo geleidelijk gebeurd, dat ik me er niet meer tegen verzet had. Ik besefte het pas toen Ryan me wekte, door zachtjes aan mijn schouder te schudden.

'Tess…'

Ik werd een beetje gedesoriënteerd wakker en had een paar tellen nodig om te begrijpen waar ik was. Ondertussen hielp Ryan me overeind en de donkere tipi in. Op de tast zocht ik mijn bed en ik raakte verstrikt in de klamboe die erboven hing.

'Wacht, hier,' zei Ryan en ik voelde hem achter me staan terwijl hij de klamboe voor me openhield.

Ik draaide me naar hem toe en voelde zijn T-shirt langs mijn arm strijken. Het had allemaal iets vaags en sluimerigs. Alsof ik dit droomde. Ik vroeg me af hoe de droom verder zou gaan als ik hem aan zijn shirt door de geopende klamboe naar me toe zou trekken.

Toen voelde ik zijn vingers die zich om mijn bovenarmen sloten en ik zonk onder de druk ervan neer op het smalle bed.

'*Goodnight*, Tess.'

Zijn woorden klonken zo dichtbij dat ik er kippenvel van kreeg, maar toen ik mijn gezicht ernaartoe draaide, op zoek naar waar zijn woorden vandaan kwamen, voelde ik de klamboe dichtvallen, met hem aan de andere kant ervan. Het bed naast me ritselde en ik sloot mijn ogen en sliep verder.

De volgende dag brachten we op het water door. Ik had nog nooit in een kajak gezeten, maar na wat instructie van Ryan pikte ik het gelukkig snel op. Voor ik het wist waren we uren aan het peddelen en kwamen we op plekken die op geen andere manier bereikbaar waren. Het lukte Ryan het strandje te vinden en ik trok mijn wetsuit uit om in bikini te zonnen en een korte, dappere duik in het koude, maar o zo blauwe water te nemen. De lunch bestond uit twee Jos Louis-cakejes die Ryan had meegebracht. De kleffe cake was omhuld door (inmiddels gesmolten) chocola, met een witte (ook gesmolten) crèmelaag in het midden. Ik vond het perfect.

Nadat ik Ryan een paar keer had betrapt terwijl hij me uitgebreid zat te bekijken, besloot ik dat ik net zo goed hetzelfde bij hem kon doen. Hij had in één nacht een stoppelbaard gekregen, die ik hem woest aantrekkelijk vond staan, maar waardoor ik ook begreep hoe hij er binnen enkele dagen uit kon zien als de yeti waar ik hem de eerste dag voor aanzag. Ik vond het jammer dat ik niet langer met hem op afgelegen plekken kon blijven, om die transformatie te aanschouwen. Dat hij binnen vier dagen de gezichtsbeharing van een weerwolf kon kweken, maakte zijn modellenuiterlijk op een of andere manier interessanter. En gelukkig leken zijn rug en borstkas vrij te zijn van deze eigenschap.

Ik vermaakte me met dit soort gedachten en had besloten niet in te zitten over wat er allemaal wel en juist niet tussen ons was. Hij leek op me te vallen, maar maakte geen enkele aanstalten om daar iets mee te doen. Misschien vond hij me niet leuk genoeg. Of misschien wilde hij gewoon professioneel blijven. Wat het ook was, ik had geen zin om me druk te maken over zulke dingen. Dat had ik thuis genoeg gedaan en het was tijd voor verandering. Misschien kon ik dat deel van mezelf hier bij Lake Louise achterlaten en helemaal vrij en zelfverzekerd terugkomen.

Halverwege de middag keerden we terug. Het kostte ons meer dan een uur om terug te peddelen – ik was inmiddels behoorlijk moe geworden – en ik besloot even bij te komen in de hottub van de lodge terwijl Ryan de sleutels van onze kamers haalde.

‘Ik ben helemaal óp,’ zei ik toen ik een halfuur later, gekleed in de fluffy badjas van de lodge, de lobby in liep, waar hij zat te wachten. ‘Op een goede manier. Is dat mogelijk?’

Hij lachte. ‘Sorry. Ik denk dat je morgen met spierpijn in het vliegtuig zit.’

‘Dat weet ik wel zeker.’ Ik rekte mijn armen uit. ‘Ik heb hier geen gevoel meer in.’

‘Maar vanavond ben je vrij,’ zei hij. ‘Je kunt relaxen in je kamer. Er is roomservice, of je kunt hier in het restaurant eten. En je wilt misschien op tijd gaan slapen, want we vertrekken erg vroeg naar Calgary.’

We liepen naar de lift, waar Ryan me de sleutel van mijn kamer overhandigde. ‘De bagage is al naar boven gebracht.’

‘Dank je,’ zei ik, terwijl ik de keycard voor mijn kamer aannam en de liftdeuren voor ons opengingen. ‘Voor alles. Ik heb een geweldige tijd gehad.’

Boven liepen we een hal door, naar kamer 232, mijn deur. Blijkbaar zat onze tijd samen erop. Ryan zou me morgen naar het vliegveld brengen, waar hij nieuwe mensen zou oppikken om deze reis in omgekeerde volgorde over te doen. En ik vloog terug naar huis.

‘Ik zit iets verderop,’ zei hij. ‘Tot morgen.’

Ik stak het kaartje in het slot van mijn kamerdeur.

Ryan liep verder de hal in en ik draaide me vlug om. ‘Je hoeft niet te gaan.’

Hij stond stil.

‘We kunnen…’ Ik wilde ‘samen eten’ zeggen, maar dat deed ik niet. ‘Je kunt blijven.’

Hij kwam rustig teruggelopen en ik zette de deur verder open. Hij ging voor me staan en keek naar me. Zijn hand ging naar de ceintuur van mijn badjas en hij trok de knoop los. Ik leunde meer tegen de deur, tot die tegen een kast of iets dergelijks tot stilstand kwam. Hij legde zijn handen om mijn middel en boog zich naar me toe. Toen klemde ik me aan hem vast en we kusten en hij tilde me op: alles in één tel. Zijn stoppels schuurden langs mijn kin en nog een tel later lag ik onder hem op bed, trok ik aan zijn shirt en liet ik mijn handen over zijn fantastische lijf gaan.

Uiteindelijk aten we helemaal niet meer die avond.

*

De LOVE SHACK ligt half verscholen tussen metershoge sparren. De aanblik van het chalet en het besneeuwde pad dat er kronkelend over een heuvel naartoe leidt, roept zelfs bij mij herkenning op. Het pad is aan weerszijden afgezet met brandende fakkels, maar we moeten met onze bagage langs de achterzijde de LOVE SHACK betreden. Het is namelijk de bedoeling dat we later een voor een met het nodige drama langs het pad naar boven lopen en de LOVE SHACK binnengaan, en het ziet er niet zo idyllisch uit als het pad dan al helemaal platgetreden is door kandidaten en crew.

We krijgen allemaal een kamer toegewezen en de programmamakers installeren zich onmiddellijk in een soort kelderruimte waar zich binnen luttele minuten een pop-upstudio ontvouwt.

In mijn kamer staat een kingsize hemelbed en daarvoor ligt een gigantisch dik hagelwit tapijt uitgespreid. Verderop staat een bureau en er is een zithoekje met twee comfortabele leesstoeltjes. Naast de deur staat een kledingkast en volgens de instructiemap die we in het vliegtuig allemaal gekregen hebben, hangt daar speciaal voor mij geselecteerde kleding klaar. Het is de bedoeling dat ik iets roods aantrek en ik zie dat ik kan kiezen tussen een afschuwelijke rode kersttrui met rendieren, een rode blouse met groene ruit en een strik aan de boord, of een rood vest met kerstballetjes. De keuze valt me zwaar, maar ik kies het vest met een spijkerbroek en zwart bloesje van mezelf. Ik zie ook nog een afdeling met witte kleding en een nachtblauwe avondjurk van zijde en organza. Wanneer zou ik die aan moeten? Ik begin door mijn instructiemap te bladeren, maar ik zie dat ik over een halfuur verwacht wordt voor een groepsscène en ik kan elk moment opgeroepen worden voor de visagie. En vóór die tijd moet ik Brenda gesproken hebben. We hebben allemaal onze mobiel in moeten leveren, maar op mijn nachtkastje staat een telefoon.

Ik toets haar nummer in, met het landnummer ervoor, maar na een lange pauze volgt alleen een kiestoon. Daarna probeer ik het nog eens, met een extra nul ervoor. Meestal is dat een buitenlijn, toch?

Ik heb het nog niet geprobeerd, of er wordt op mijn deur geklopt.

'Binnen,' zeg ik met de hoorn nog in mijn hand.

De deur gaat open en Joost stapt mijn kamer binnen. 'Die is alleen voor het noodnummer. Je hebt een code nodig om naar buiten te bellen, maar die krijg je pas als de opnames erop zitten. En je hebt helemaal geen tijd om te babbelen, want je mag nú naar de make-up.' Hij houdt de deur voor me open en wacht tot ik met hem meeloop.

Als ik beneden kom – met een verse poederlaag op mijn gezicht – hebben zich al wat mensen in de huiskamer van de LOVE SHACK verzameld. Ik vraag me af of mijn kamer op dit moment gescreend wordt op illegale communicatiemiddelen, want Joost snelt naar boven zodra hij me beneden afgeleverd heeft.

Via een brede trap van knoestig hout kom ik in de ruime woonkamer, waar een kerstboom staat die tot aan het plafond reikt. Dozen met kerstdecoratie staan op de grond, op de hoekbank en de eiken eettafel, maar het ziet er eerder gezellig nonchalant uit dan zoals iedereen thuis gewend is in zo'n geval: als een klerezooi. Het zou me niet verbazen als elk doosje met kerstballen hier door een stylist is neergezet. Op de salontafel staan bekers warme chocolademelk en grote schalen met marshmallows. En er brandt een knapperend vuur in de statige open haard. Martin en de single zitten er met een pook in te prikken terwijl het meisje van Jorge de Mexicaan met een slinger stoeit die half om de boom en half om haar gewikkeld zit. Omdat ik me er nogal nutteloos bij vind staan, snel ik naar haar toe en samen ontwarren we het ding en weten we het fatsoenlijk in de boom te krijgen. Nu ik toch bezig ben, ga ik meteen maar verder met een doosje zilveren kerstballen, in de hoop dat ik de georganiseerde chaos niet ongeorganiseerd maak.

Als de overige kandidaten ook beneden zijn, is Martin druk aan het vertellen over zijn Ada en de hele groep hangt aan zijn lippen terwijl we van onze choco nippen en af en toe een kerstbal aan een tak hangen.

Ik prop net een marshmallow in mijn mond als Lorraine in een adembenemende zeegroene avondjurk de trap afdaalt. Ik kijk naar mijn eigen vest en daarna naar Martins groene trui met kerstmannetjes. Waarom zien wij er zo stom uit en heeft zij dat aan?

'Lieve, lieve gasten... de LOVE SHACK heet jullie welkom!' zegt ze terwijl ze een glas champagne heft.

Uit het niets verschijnt een knap meisje met een dienblad en ik moet vlug mijn chocomel neerzetten om een flûte te kunnen pakken. En ik zit nog steeds met de marshmallow in mijn mond. Ondertussen steekt Lorraine weer een hele riedel af en ik hoop maar dat de camera inzoomt op haar en niet op mijn volle mond.

'We gaan hier bijzondere dagen beleven en ik wens jullie een onvergetelijk verblijf in onze prachtige LOVE SHACK. Een toost!'

Iedereen juicht en drinkt en met een slokje champagne slik ik mijn laatste restje marshmallow weg.

Lorraine kijkt geëmotioneerd de ruimte door en vraagt dan op gedragen toon: 'Theresa, zou jij even met mij mee willen lopen?'

Even dacht ik dat ze mijn naam ging zeggen, dus ik ben opgelucht als het meisje van Jorge bibberend probeert op te staan en in paniek een plek zoekt om haar glas neer te zetten.

'Geef maar,' bied ik aan en ik neem het glas van haar over, wat me een dankbare blik oplevert voor ze stroperig traag achter Lorraine aan gaat. 'Succes,' fluister ik, waarna een gezamenlijk 'Succes, veel plezier, maak er wat van, toi toi toi' uit de groep weerklinkt. Nu lijkt het vast alsof ik niet meedeed, dus zeg ik het nogmaals, ditmaal harder. Maar net op dat moment vallen de anderen stil, waardoor het er raar achteraan volgt.

Gelukkig gaat het licht uit en op een groot scherm aan de muur zien we Lorraine en Theresa naar buiten gaan. Iemand doet hen allebei een mantel om en verderop zien we een arreslee klaarstaan.

'We gaan gewoon een ritje maken,' verklaart Lorraine zo ongeloofwaardig als maar kan. 'Gewoon een onschuldig ritje. Ontspan je. Dit wordt leuk. Gewoon wij samen. Jij en ik. Jíj en ík.'

Mijn god, het kan toch wel iets minder doorzichtig?

Ondertussen beeft Theresa helemaal als een rietje.

Binnen schuiven we allemaal iets verder naar het puntje van onze stoel.

'Kijk, onze bestuurder is er al klaar voor. Zie je dat?' vraagt Lorraine.

Martin springt op. 'Dat is hem! Verdomd als het niet waar is, dat is hem!'

Theresa lacht zenuwachtig terwijl ze dichter bij de slee komen. Er staan mensen in Noorse klederdracht handbellen te luiden naast de slee. Het paard dat ervoor gespannen is, zwiept met zijn staart en er komt stoom uit zijn neusgaten.

'Zie je de bestuurder, Theresa?' herhaalt Lorraine.

Eindelijk begint Theresa het door te krijgen. Ze begint sneller te lopen en de 'bestuurder' draait zich om naar de camera en loopt naar haar toe. En dan gilt Theresa: 'Jorge!' en ze zet het op een rennen en hij ook en ze springen in elkaars armen en hij draait haar rond en rond en rond...

Iemand in onze groep begint te applaudisseren en we doen allemaal mee. Ondertussen zien we hoe Jorge en Theresa elkaar zo ongeveer opvreten, afgewisseld met shots van het meelevende gezicht van Lorraine die dingen zegt als: 'Mooi. Heel mooi.' En: 'Ze hebben elkaar gemist! O, wat zijn ze blij!' En: 'Ze kussen elkaar! Wat een kus, wat een kus!' En ten slotte: 'Niemand wil met kerst alleen zijn.'

*

Het is niet dat Ryan iets verkeerd gedaan heeft. Hij is geweldig. Na onze laatste nacht in Canada aarzelde hij niet om een vlucht te boeken naar Nederland om mij weer te kunnen zien. Ik wachtte hem op Schiphol op met een tulpenballon en hij drukte meteen een doos Jos Louis-cakejes in mijn handen. Nádat hij me uitgebreid zoenend begroet had. *First things first.*

Het was mijn bedoeling om hem net zoveel van Nederland te laten zien als hij mij van Canada had getoond. Maar eerlijk gezegd kwamen we de eerste twee dagen mijn flat amper uit. Ik was al blij dat we het op dag drie redden tot aan de lunchroom tien minuten verderop. Daar hadden we afgesproken met mijn vrienden. Brenda en haar vriend Milo waren er al. Ik zag ze aan het raam zitten en zo te zien zaten ze te kibbelen. Dat deden ze meestal, dus daar keek ik niet zo van op. En eigenlijk zag ik hem nog steeds vooral als míjn vriend Milo, want Brenda kende hem via mij. Ik heb ze als het ware gekoppeld. Al deed ik dat niet bewust, want nooit had ik in de diepste krochten van mijn fantasie voorzien dat deze twee een koppel zouden kunnen vormen.

Milo is zo'n mannenman. Hij heeft twee broers, waarmee hij altijd beangstigend ruige knokpartijen hield. Voor de lol. Vroeger dacht ik soms dat ze vreselijke ruzie hadden, maar dan bleken ze gewoon met elkaar aan het spelen te zijn. Hij wilde altijd rare jongensdingen doen, zoals kikkers, spinnen en sprinkhanen vangen, in bomen klimmen, over sloten springen en Hoffman-voetbal spelen, waarbij je de bal zoveel mogelijk door de modder moest schoppen tijdens het spel, zodat alle broers er binnen vijf minuten uitzagen als inboorlingen. En Brenda, mijn beste vriendin, vond hem (en zijn broers) altijd vooral vervelend. Zij hield eigenlijk alleen van shoppen en met make-up experimenteren. De twee hadden dus nauwelijks iets gemeen, behalve dat ze allebei bevriend waren met mij en dat ze het leuk vonden om op elkaar te vitten. Ik had het niet zien aankomen dat dit veranderde, maar misschien wees die zogenaamde afkeer voor wat de ander bezighield er de hele tijd al op dat er iets broeide tussen hen. Waarschijnlijk waren het ook niet zozeer hun botsende persoonlijkheden waardoor ik me hen nooit als setje had voorgesteld. Het had er misschien vooral mee te maken dat ik jarenlang druk bezig was met mezelf wijsmaken dat Milo ooit verliefd zou worden op mij.

Toen hij in de brugklas naast mij terechtkwam (voor straf nota bene, omdat hij te veel stampij maakte met zijn vriend achterin) vond ik jongens op zich interessant, maar ook vermoeiend. We werden vooral hechter omdat ik hem bij mij af liet kijken bij taalproefwerken en hij mij bij wiskunde. Ik denk dat ik hem pas echt leuk-leuk begon te vinden rond mijn zestiende. Maar tegen die tijd ontdekte Milo dat hij bij meer meiden populair was en hij nam het er nogal van. Hij had zo'n beetje om de week verkering met iemand anders en ik had geen zin om een van zijn vele veroveringen te worden. Daarna kreeg ik een vriendje dat die dingen wél serieus nam en dat duurde onze hele middelbareschooltijd. Nadien liet ik mijn oog weer op Milo vallen, maar hij had intussen opeens een meisje gevonden dat hij niet na een paar weken daten al afschreef. Zij bleef uiteindelijk een jaar aan hem plakken, tot ik inmiddels alweer een paar maanden met iemand omging. En zo bleven we elkaar mislopen. Althans, zo bleef ík het moment mislopen om hem te vertellen dat hij totaal over het hoofd zag dat ik de ware voor hem was. Tot hij iets met Brenda kreeg en het tot me doordrong dat hij nu werkelijk met zo'n beetje iedereen in onze omgeving gescharreld had. Behalve met mij. Een paar weken was ik boos op hem, maar uiteindelijk besloot ik dat hij niet echt iets verkeerd gedaan had. Hij viel gewoon niet op me. Ik stortte me op mijn nieuwe baan, mijn reis naar Canada en *last but not least* op Ryan.

Ik vermoedde dat Milo van al mijn vrienden het meest gesteld zou raken op Ryan. Tot nu toe had ik steeds vriendjes gehad die niet op hem leken, maar ik kon Milo en Ryan wel samen een tent in het bos zien opzetten om daarna vis te vangen uit een rivier. Milo zou het ook geweldig hebben gevonden in Canada. Daarnaast was hij hartstikke sportief en Ryan was een groot fan van ijshockey. De twee zouden vast niet uitgepraat raken.

Maar dat had ik dus mis. Misschien lag het niet aan Ryan – dat weet ik eigenlijk wel zeker, want Ryan was aardig, voorkomend en algeheel perfect – maar Milo hield zich de hele middag afzijdig. Wie weet zat het geruzie met Brenda hem meer dwars dan hij wilde toegeven, al leek zij er niet onder te lijden en was ze haar vrolijke en luidruchtige zelf.

Ook de rest van de week leek Milo niet zo lekker in z'n vel te zitten. Na een etentje bij mij thuis wilde hij niet eens een Jos Louis proeven, zelfs niet na herhaaldelijk aandringen van mijn kant omdat ik ervan overtuigd was dat hij de cakejes heerlijk zou vinden. De hele groep deed ook nog heel flauw, alsof ze ze allemaal smerig vonden. Tenminste, het moest wel een flauwe grap zijn, want ik vond ze nog steeds superlekker. Ze waren eerder smeuïg dan klef. Uit protest at ik er twee.

Toen Ryan weer naar huis moest, was ik niet minder dol op hem. We hadden zelfs plannen gemaakt om de week tussen kerst en oud en nieuw samen in Vancouver door te brengen. Ik zou zijn familie ontmoeten. Toen we afscheid namen op Schiphol was er nog niets veranderd aan mijn gevoel voor hem. Dat gebeurde pas in de weken erna. Nadat Milo het had uitgemaakt met Brenda.

*

Diezelfde avond wordt Martin verrast door Ada, die hem vanaf de trap in de huiskamer van de LOVE SHACK een serenade brengt op de melodie van 'Can You Feel the Love Tonight'. Theresa is inmiddels terug van de sleerit en zit helemaal verstrengeld met Jorge weg te zwijmelen bij Ada's zelfgeschreven tekst. Althans, daar heeft Ada hulp bij gehad van een bekende tekstschrijver die ook voor Lorraine gewerkt heeft.

Daarna drinken we nog wat op de veelbewogen dag en is het bedtijd. Maar het blijft nog lang onrustig in de kamers van de koppels die herenigd zijn.

De volgende ochtend rond halfacht valt Lorraine bij het ontbijt weer binnen met een videoboodschap. We duiken met z'n allen bij elkaar op de grote hoekbank en in tegenstelling tot de bonte avond van gisteren hebben we nu allemaal een witte outfit aan. Daardoor valt het extra op dat de single een hoofd als een tomaat krijgt zodra de video op het grote scherm wordt afgespeeld. Een meisje met een lief stemmetje begint uit te leggen waar ze de single van kent (korfbal), maar dat ze te verlegen is om hem mee uit te vragen. Na een boodschap van ongeveer tien minuten sluit ze af met de woorden: 'Lieve Benny, ik vind je heel leuk. En ik hoop dat jij mij ook beter wil leren kennen. Dus… wil je met me op date?'

Benny, die helemaal voorovergeleund had gezeten, laat zich terugvallen in de bank en begint met zijn handen over zijn gezicht te wrijven. De rode vlekken steken nog steeds heftig af tegen de witte kabeltrui die hij draagt.

'Dat was Esmée,' zegt Lorraine. 'Leuke meid.'

'Eh… ja…' mompelt Benny.

'O! Jij vindt haar ook leuk? Dat is alvast veelbelovend!' constateert Lorraine verrukt. 'Maar toch is er nooit iets gebeurd tussen jullie?'

'Eh… nee…'

'Waarom dan niet? Zijn jullie misschien allebei een beetje te verlegen geweest?'

'Eh…'

Ik begin met Benny mee te voelen. Óf hij vindt haar zo leuk dat hij geen woord meer kan uitbrengen, óf hij wil nu gillend de LOVE SHACK verlaten, zonder langs start te gaan en 20.000 gulden te innen.

'Ik denk dat ik haar gewoon meer zag als een korfbalmaatje of zo,' gooit Benny er dan uit, met de paniek op zijn gezicht getekend.

'Ja. Jullie zijn echt goede maatjes, hè. Dat is heerlijk. Maar het kan natuurlijk nog mooier worden. Esmée heeft een, ik mag wel zeggen fantástische, date voor jullie geregeld. En ze zou natuurlijk enorm graag willen dat je nu met me meekomt. Ga je met me mee, Benny? Ga je mee naar Esmée?'

'Eh…' Benny ziet eruit alsof hij op het punt staat een bloedneus te krijgen. 'Nou eh… ik ga wel mee dan.'

Wauw, wat een enthousiasme.

'Fantástisch!' gilt Lorraine en ze springt op.

Er komen mensen van de regie die Benny een dikke parka aangeven en ze begeleiden hem naar de achterkant van het chalet, waar een auto klaarstaat. Een kwartiertje later kunnen we al volgen hoe ze een ruimte binnengaan die helemaal opgetrokken lijkt te zijn uit ijs. Een ijsbar, zo blijkt dus. De muren zijn van ijs, de meubels zijn van ijs, de glazen zijn van ijs. En, zo zien we even later, zelfs de sfeer is ijzig. We zijn getuige van de meest ongemakkelijke date ooit, met de lieve Esmée die verlegen aan haar haarpunten draait en zich uit de naad werkt om een gesprek op gang te brengen. En met Benny, die af en toe 'Eh…' stamelt.

Tussendoor zien we close-ups van Lorraine die commentaar geeft. 'Ze zijn nerveus. O, wat zijn ze nerveus.' En: 'Wat een lief koppel. Ze zijn zo schattig samen, ik denk dat hij haar leuk vindt.' En, het toppunt: 'Dit gaat goed, ik denk dat we ze alleen moeten laten.'

De camera in de ijsbar blijft nog even in live-verbinding met de LOVE SHACK, maar wij kunnen de gespannen sfeer niet verdragen en we verdwijnen een voor een naar onze kamers om bij te komen. Een paar uur later worden we weer bijeengeroepen voor de lunch. Er komt een bezorger binnen die zakken met broodjes en bakjes met salades voor ons op de lange eettafel zet. We verzamelen ons allemaal gemoedelijk rond de tafel en verdelen het eten als er plotseling een consternatie vanjewelste uitbreekt. Carlijn, die tot nu toe vooral contact heeft gehad met Martin (vooral op aandringen van Martin zelf, want hij kan het gewoon niet verkroppen als hij niet met iederéén van deze groep contact heeft), flipt helemaal en trekt een van de bezorgers in haar armen en begint zijn helm te zoenen, die hij nog niet heeft afgezet.

Ik klem geschrokken een broodje gerookte zalm tegen me aan. Ik dacht dat Carlijn op haar vriendin uit Zwitserland zat te wachten. Pas als de helm af gaat zie ik dat er een vrouw in de onflatteuze kleding van de bezorgdienst verscholen gaat. Ze schudt haar lange donkere haar los alsof ze in een scène van *Baywatch* uit het water opgerezen is. Ik kijk heel even opzij om te controleren of Ryan niet toevallig in het andere pak zit en al tien minuten naast me staat terwijl ik botweg mijn broodje sta uit te pakken. Maar het is een klein mannetje met een mopsneus, zie ik door het vizier van zijn helm. En hij loopt alweer richting de uitgang.

Terwijl Lorraine de knuffelende vrouwen lang genoeg uit elkaar probeert te krijgen voor een van haar beroemde diepte-interviews, besef ik dat ik de enige ben die haar geliefde nog niet gezien heeft. Opeens word ik vreselijk zenuwachtig en tijdens het potje *Kolonisten* dat we die middag met z'n allen spelen, vergeet ik elke keer mijn grondstoffen te verzamelen. Ik verlies grandioos. En op de verhalen van Martin (én Ada: ongelooflijk, maar zij is nog erger!) kan ik me ook niet meer concentreren. Aan het einde van de dag sta ik aan een van de manshoge ramen in de huiskamer van het chalet naar buiten te kijken. De schemering valt over de vlakte achter het huis en opeens zie ik overal lichtjes aangaan. Lantaarns verlichten een pad van het huis, naar een punt in de verte. En hoewel ik denk dat ik voorbereid ben, schrik ik me helemaal te pletter als Lorraine plots achter me staat en vraagt: 'Kom je even mee naar buiten, Tess? Gewoon wij saampjes…'

*

Toen Ryan alweer een paar dagen in Canada was, werd ik 's nachts opgeschrikt door rare geluiden bij mijn slaapkamerraam. Ik sliep nog niet, want ik was via Facebook met Ryan in gesprek, maar ik begon net moe te worden. Daarom besteedde ik er eerst geen aandacht aan. Ik nam aan dat het de wind was, of de buren die weer eens lawaaierig deden. Pas toen ik net van plan was om echt te gaan slapen, veranderde het zachte getik in een luide bons. Ik trok het gordijn open en zag Milo staan. 'Wat doe jij hier?' vroeg ik, maar hij hoorde me natuurlijk niet. Ik zette het raam op een kier. Het waaide en de wind voelde koud. 'Wat is er?'

'Ik moet je spreken.'

'Waarom bel je niet gewoon aan?'

'Ik wilde je niet laten schrikken.'

'Ja, zó doe je dat!' Ik sloot het raam en de gordijnen en ging in mijn yogabroek en T-shirt met lange mouwen naar beneden om open te doen. 'Weet je hoe laat het is? Wat is er in hemelsnaam?'

'Niks.'

'En "niks" kon niet wachten tot morgen? Of telefonisch afgehandeld worden?'

'Het is uit met Bren. Door mij. Ik heb het uitgemaakt.'

'En daarna een krat bier leeggedronken?' vroeg ik terwijl hij langs me heen mijn huis binnenliep.

Hij zag er knaldronken uit. Zijn haar zat nog erger in de war dan dat van Ryan na drie dagen kamperen. En zijn ogen stonden wild. 'Ik heb niet gedronken. Niet zoveel, in ieder geval.'

'Dan zal het een half krat geweest zijn.' Ik reageerde misschien niet zo meelevend of verwonderd, maar echt verbaasd kon ik ook niet zijn. Dit was wat Milo deed. Na het ene vriendinnetje volgde altijd een ander vriendinnetje. Maar ik had eigenlijk verwacht – gehoopt – dat hij het met Brenda wat tactvoller zou aanpakken. 'Wat is er gebeurd?'

'Er is niet echt iets gebeurd. Het werd me gewoon ineens zo duidelijk. Dat het allemaal niet klopte.'

Ik besefte opeens dat dit hier wél uitzonderlijk was. Milo kwam na een relatiebreuk nooit zijn hart bij mij uitstorten. Meestal kregen we het nieuws tussen neus en lippen door te horen tijdens een etentje of bij het uitgaan. Dit: wilde, dronken Milo met liefdesverdriet, kende ik niet.

'Milo, ik weet niet wat er is, maar weet je zeker dat je niet een overhaaste beslissing hebt genomen? Je ziet er niet zo goed uit. Ik weet niet of je zo wel in staat bent om doordacht te handelen.'

'Nou, dat is dan jammer. Het is al gebeurd.'

'Wat mankeer jij toch de laatste tijd?' Ik liep naar de keuken om een glas water voor hem in te schenken. Ik wist niet waarom, maar mensen hadden meestal water nodig in stressvolle situaties. 'Je doet al raar sinds vorige week. Heb je een ander of zo?'

Hij keek verontwaardigd. 'Hoezo doe ik raar?'

'Vorige week was je ook al zo chagrijnig.' Ik gaf hem het glas aan, maar hij maakte geen aanstalten het aan te pakken. Ik zette het op het keukentafeltje neer. 'Toen Ryan hier was.'

'Goh, wat jammer nou. Je vriendje vond me dus niet aardig.'

'Dat niet alleen. Ík vond je niet aardig. En nu nog steeds niet, eigenlijk. Eerlijk gezegd zou ik je liever meteen weer mijn huis uit zetten. Brenda is dan wel mijn vriendin, maar ik ga niet jullie problemen voor jullie oplossen.'

'Brenda is je vriendin en wat ben ik dan?'

'Een beetje gek geworden?' opperde ik.

'Ik ben niet gek.' Hij zuchtte en trok gefrustreerd een keukenstoel opzij, waar hij op neerplofte. 'Ik gedraag me misschien zo...'

'Misschien?'

Hij leek wat tot bedaren te komen en daarmee leek hij ook weer wat meer op de Milo die ik kende.

Het maakte dat ik tegenover hem ging zitten. 'Waarom heb je het uitgemaakt?'

'Omdat... gewoon... omdat het nergens heen ging.'

'Milo, kom op!'

'Wat?'

'Dit doe je nu altijd. Bij elk meisje realiseer je je opeens dat het nergens heen gaat en dan stop je ermee. Bedenk je wel eens dat het aan jou ligt dat het nergens heen gaat?'

'Ja, toevallig begin ik dat nu inderdaad te denken,' zei hij zuur.

'Nou, waarom dan? Wat is er mis met al die meisjes dat ze niet goed genoeg voor je zijn? Dit gaat volgens mij niet eens om Brenda, zij is gewoon de zoveelste in het rijtje. En ik waarschuwde haar nog.'

'Je hebt haar gewaarschuwd? Voor mij?'

'Ja, natuurlijk,' antwoordde ik.

'Dus jij dacht dat ik van plan was haar kwaad te doen?'

'Ik dácht niet dat je het van plan was, ik wíst dat je het ging doen. Ik ken je, Milo.'

'Nou, bedankt.' Hij liet zijn hoofd even in zijn handen zakken. 'Goed om te weten dat je zo over me denkt. Ik had niet moeten komen.'

'Nee, maar je bent er nu, en je hebt mijn nachtrust al verstoord, dus deal er nu ook maar mee dat ik je de waarheid zeg! Ik ben klaar met de zachte aanpak, Milo.'

'Waarom ben je nou zo kwaad?' riep hij uit.

'Waarom ben jij nou zo'n lul?' riep ik terug.

'Omdat ik ook niet alles weet! Denk je dat ik het expres doe? Het is niet mijn bedoeling om alles te verkloten!' Hij stond op en liep weg, maar bij de tussendeur naar de voordeur stond hij weer stil. 'Ik wist het niet, tot jij opeens naar Canada ging en met hém terugkwam...'

Hij trok aan de deurklink, zo hard dat de deur uit zijn greep glipte en openvloog.

'Milo!' Ik ging voor hem staan en probeerde zijn blik te vangen.

'En nu ik het wél weet en je dat probeer te vertellen, blijk jij me te haten!' Hij wilde langs me heen lopen, maar ik kon hem niet zo naar buiten laten gaan.

'Milo, ik haat je niet.' *Hij is homoseksueel*, dacht ik opeens. Het zou al dat gedoe met meisjes verklaren. Maar waarom zou hij zo bang zijn om me dat te vertellen? Het leek wel of hij ging huilen. Ik had hem maar één keer eerder zien huilen en toen was zijn vader net overleden. Zelfs toen stond hij zich maar enkele tranen toe voor hij zich vermande. Dit moest wel iets heel serieus zijn. 'Wat is er dan? Je kunt het me gerust vertellen.'

'Dit slaat nergens op,' zei hij vooral tegen zichzelf. 'Ik wil niet nog meer verknoeien. Vergeet dit, oké? Vergeet dat ik hier was en... alles.'

'Nee.' Ik bleef hem de weg versperren.

'Laat me nou,' snauwde hij.

'Nee.' Ik legde mijn handen op zijn schouders. 'Zeg op. Wat wist je niet?'

'Dat ik…' – eindelijk keek hij me aan – '… jou wil.'

Ik liet ongewild een vreemd lachje horen.

'Ik weet dat je met hem bent.'

Weer dat lachje. Ik liet Milo los. 'Dit meen je niet.'

'Ik meen het. Ik weet dat het laat is.'

'Laat? Je hebt ieder ander in de nabije omgeving al gehad. Is dat het? Ben je door je opties heen? Ben ik je laatste strohalm, of zo? Mijn hemel, je moet wel denken dat ik gek ben.'

'Je bent geen laatste optie. Je bent de enige optie… en ik was gewoon blind, want ik zag het pas toen…'

'Milo, hou op.' Nu was ik het die wegliep.

'Het spijt me. Maar je moet het weten, want…'

'Waarom nu? Ik ben met Ryan samen. Ik ben maandenlang single geweest!'

'Ik weet het.'

'En dan kom je hier nu mee? Nu ik net weer iets met iemand heb? En niet zomaar iets. Voor het eerst heb ik iemand gevonden die echt bij me past. Weet je hoe geweldig Ryan is? Hoe slim en grappig en aardig? Hij spreekt vier talen vloeiend en hij gaat in het nieuwe jaar speciaal voor mij Nederlands leren. Hij zet binnen tien minuten een tent op en na vier uur kajakken is hij nog niet moe. Hij kan met z'n blote handen wilde vis uit een rivier vangen. En heb je enig idee hoe knap hij is als hij zich een dag niet scheert?'

'Oké, ik snap het,' zei Milo met een extreem gepijnigd gezicht.

'Ik ga kerst met zijn ouders vieren!'

'Ik snap het.'

'Nee, je snapt het niet. Als je het zou snappen, als je ook maar een beetje respect zou hebben voor wat ik met Ryan heb, dan zou het niet in je opkomen dit te zeggen. Ik heb dit verdomme toch ook nooit bij jou geflikt?'

'Hoe bedoel je?'

'Ik heb jouw vriendinnen altijd gerespecteerd. Zelfs als ik wist dat het niks zou worden, dan nog zette ik je niet zó voor het blok.'

'Dus jij…'

O nee. O nee, o nee, o nee. Dat was een grote fout.

'Dus jij voelde ook wat voor mij.' Nu stond Milo voor mij en hij pakte mijn bovenarmen vast. 'Is dat zo?'

'Rot toch op.' Ik probeerde me los te worstelen, maar hij zette me klem tegen een kastdeur.

'Als het zo is, moet je het zeggen.'

'Ik ben met Ryan!'

'Dat weet ik, maar...' Hij zuchtte. 'Ik weet dat je hem leuk vindt. Dat zag ik. En dat haatte ik. Daarom deed ik zo lullig en dat was stom, maar ik kon het niet aanzien. En nu denk je misschien dat het alleen maar jaloezie was. Dat ik je wil omdat ik zag dat iemand anders je wil. Maar het is meer dan dat. En het is logisch dat je dat niet gelooft, want ik heb nooit laten zien dat ik dit kan. Dat ik dit serieus kan. Maar ik zou willen dat je me een kans gaf. Als je dat kunt. Eén kans en dan bewijs ik het. Ik beloof het je, want ik weet zeker dat het met jou wel lukt. Met jou zou het anders zijn. Daar ben ik van overtuigd. Anders zou ik dit niet doen, maar ik ben nog nooit zo zeker van iets geweest en nu... nu is het misschien te laat. Misschien wil je hem liever dan mij. Dat zou ik begrijpen. En dan hoeft er niets te veranderen. Maar het kán veranderen. Als jij dat wilt, dan kan alles veranderen.'

*

Ik loop met mijn arm in die van Lorraine gehaakt langs de zijkant van de LOVE SHACK en ik vraag me af hoe ver ik zou komen als ik gewoon begin te rennen. En dan niet de kant van de brandende lantaarns op, maar de donkere bossen in. Ik zou misschien wel een onbewoond huisje vinden en daar een nieuw bestaan kunnen opbouwen. Geen Milo, geen Ryan, alleen ik. Lekker rustig.

Milo heeft alles voor me verpest met zijn eerlijkheid. 'Er hoeft niets te veranderen,' zei hij, maar natuurlijk veranderde er van alles. Ryan was – en is – nog net zo leuk als altijd, maar ik heb bijna alleen aan Milo gedacht de afgelopen weken. Toen ik geen vrij kon krijgen om naar Canada te gaan, was ik bijna een beetje opgelucht. Dan hoefde ik ook nog geen beslissing te nemen.

Lorraine kletst onophoudelijk tegen me terwijl we knarsend door de sneeuw verder van het chalet vandaan lopen. Ik hoor werkelijk geen enkel woord. Alleen de namen Milo en Ryan flitsen door mijn hoofd.

Voor ons doemt tussen de dennenbomen een soort overkapping met wapperende witte doeken op. Er staat een romantisch gedekte tafel onder, met vuurkorven ernaast. Als we er bijna zijn, beginnen er grote, zachte sneeuwvlokken neer te dwarrelen. Het lijkt wel een sprookje.

En dan stapt Ryan – gekleed in een mooi pak – achter een spar vandaan. Hij loopt naar de tafel en blijft daar staan wachten tot ik bij hem ben. Wauw. Wat is hij mooi. 'Hey,' zegt hij zacht en hij streelt wat smeltende sneeuw uit mijn haar.

'Hey.'

We blijven even staan. Het is doodstil om ons heen.

'Ik had ook gewoon naar jou kunnen komen,' zegt hij met een knipoog en dan trekt hij een stoel voor me opzij. 'Je had dit niet allemaal hoeven regelen.'

Ik was 'dit allemaal' vergeten vanaf het moment dat ik hem zag. 'Het kan de tipi bij Lake Louise natuurlijk niet overtreffen,' zeg ik als ik ga zitten.

'*Close enough, though*,' antwoordt hij.

En dan zitten we elkaar weer stilletjes aan te kijken, allebei glimlachend.

Ryan reikt naar de fles champagne en begint die behendig te ontkurken.

Ik kijk voorzichtig om me heen. Waar is Lorraine gebleven? Ik heb haar helemaal geen rare opmerkingen horen maken, maar er staan nog steeds meerdere camera's pal op ons gericht. Ze wachten waarschijnlijk op een toost, of zo.

We klinken onze glazen. Ryan lacht weer naar me en ik naar hem. De rode lichtjes op de camera's blijven aan. Wat willen ze nog? Kunnen ze niet weggaan zodat ik fatsoenlijk met deze man kan praten? Ik kan toch niet een hele romantische date met hem uitzitten en dan zeggen dat ik twijfel?

We zetten onze glazen neer.

'Je bent prachtig,' zegt Ryan.

'Jij ook.'

'Horen ze ook wat we zeggen?' vraagt hij zacht.

'Ja.' Ik buig me wat naar voren. 'Tenzij we hem uitschakelen.' Ik geef een knikje naar de geluidsman, die met z'n stok haast boven Ryans hoofd hangt.

Ryan lacht, maar opeens zie ik iets onbekends bij hem. Iets ongemakkelijks, zenuwachtigs. Ik zie bij hem wat ík voel, eigenlijk.

'Gaat het?' vraag ik.

'Ja, het is gewoon…' Hij praat nog zachter nu. 'Ik moet je iets vertellen...'

'Oké… ik jou eigenlijk ook. Misschien moet ik het als eerste zeggen.'

'Ik denk dat ik het beter als eerste kan zeggen.'

'Nee, echt, geloof me…' Ik leg mijn hand over de zijne. 'Je moet weten dat ik je ontzettend leuk vind. Echt. Zó leuk.' Dat laatste komt er nogal zuchtend en verliefderig uit, waardoor ik mezelf haast verwar. Wat ging ik ook alweer zeggen?

'Ik jou ook. Maar voor je verdergaat…'

'En dat je hier helemaal naartoe gekomen bent voor mij, dat is zo lief van je.'

'Twijfelde je daaraan? Natuurlijk ben ik gekomen, je bent fantastisch.'

Ergens in de verte hoor ik iemand 'Stop!' roepen en er lijkt wat consternatie te ontstaan, maar ik sla er geen acht op. Dan knippen ze dit er maar uit. 'Nee, jij bent fantastisch. En daarom is het ook zo moeilijk…'

'Ik weet niet of we hiermee door moeten gaan, Tess.'

'… om het uit te maken.'

Die laatste zinnen spreken we tegelijkertijd uit en daarna kijken we elkaar even beduusd aan. Het geschreeuw op de achtergrond komt inmiddels heel dichtbij en ik hoor Joost 'Hou hem tegen!' schreeuwen. Vanuit mijn ooghoek zie ik een kleerkast op een in het zwart geklede schaduw duiken en door de sneeuw rollen. 'Tess!' hoor ik vanuit de explosie van stuivende sneeuw die onze kant op dendert. 'Tess, ik ben het!'

Milo? Ik sta op en vlak voor mijn neus komen ze tot stilstand.

'Ik heb je gezegd hier uit de buurt te blijven,' roept de kleerkast, terwijl hij Milo vlak bij onze tafel in de sneeuw neerdrukt. Hij mompelt iets in een microfoontje bij zijn oor, en er doemen nog meer kleerkasten op.

'Wacht, wacht, wacht!' roep ik. 'Laat hem los, ik ken hem.'

'Mevrouw, dit heerschap is al eerder van het perceel verwijderd. We kunnen geen ongenode gasten toelaten. Hij houdt zich hier op verdachte wijze op.'

Opeens staat Lorraine er ook weer bij en ze probeert me terug naar de tafel te duwen.

'Tess, ik wil niet dat je dit doet, alsjeblieft, trouw niet met hem!' brengt Milo uit terwijl hij zijn hoofd met moeite net genoeg uit de sneeuw weet op te richten.

'Trouwen?' Ik kijk naar Lorraine. 'Zeg dat ze hem loslaten, hij doet heus niets. Hij is mijn beste vriend.'

Lorraine wacht op instructies, die ze overduidelijk via een oortje krijgt.

'Ik hou van haar!' roept Milo met een door sneeuw verstikte stem.

Dit schudt Lorraine wakker. 'Hij houdt van haar!' Ze pakt meteen een camera. 'Dames en heren, er gebeurt veel vanavond in de LOVE SHACK. Onze Tess heeft niet één, maar twee aanbidders...'

Ik kniel bij Milo neer. 'Hou je van me?'

'Ja! Trouw niet met hem, Tess.'

'Wie zegt iets over trouwen?'

'Zij daar...' Milo kijkt naar Lorraine, die nog steeds commentaar staat te geven.

'Ryan uit Canada stond op het punt haar ten huwelijk te vragen, maar nu hebben we hier… haar beste vriend… wat is je naam?' Lorraine knielt naast Milo neer en eindelijk gaat de kleerkast van hem af. Hij komt hoestend overeind. Hij ziet helemaal wit van de sneeuw. Wat heb ik toch met yeti's?

Ryan blijkt ook ineens achter me te staan en hij steekt zijn hand naar Milo uit. '*Are you alright, man*?'

'*No*,' antwoordt hij. Hij probeert zich af te kloppen. '*I'm in love with your girlfriend*.'

'Is hij het?' vraagt Ryan me. Met een duwtje tegen mijn elleboog heeft hij me iets afgezonderd van de rest. De camera volgt ons echter op de voet, al draait Ryan er zijn brede rug naartoe. 'Degene over wie je het had die avond bij de tipi?'

Ik knik.

'Zoiets dacht ik al.'

'Je had het al door?'

'Hij was de enige die me niet mocht. En hoe aardiger ik deed, hoe erger het werd. En ik kan héél aardig zijn.'

'Je bént heel aardig,' zeg ik. 'Ik wil je dit helemaal niet aandoen.'

'Ik voelde het al een beetje aankomen. Ik hoorde dat je ergens mee zat, als we belden.'

'Ik ken hem al zó lang,' antwoord ik. 'Ik wou dat ik een uitknop voor die gevoelens kon vinden.'

'*You love who you love*,' zegt Ryan. 'Ik weet wel een beetje hoe dat is.'

Daar kijk ik van op. 'Heb jij… iemand…'

'Mijn ex-vriendin. Er is niets gebeurd sinds ik jou ken. Maar ik kwam haar een paar weken geleden tegen en er was nog steeds… iets.'

Ik voel toch een steekje van jaloezie. 'Als ze niet lief voor je is, kom ik haar een bezoekje brengen.'

'Dat geldt ook voor hem,' zegt hij met een blik op Milo, die met een van pijn vertrokken gezicht met zijn schouder draait. 'En voor wat het waard is, ik had me bijna bedacht toen ik je zag vanavond.'

Ik glimlach. 'Ik ook.'

Ryan pakt mijn hand en leidt me terug naar de plek waar Milo nog staat te wachten. 'Het lijkt erop dat we het uitgemaakt hebben, *bro*.' Hij drukt een kus op de rug van mijn hand en laat me dan los. '*I need a drink*,' zegt hij voor hij de fles champagne van tafel pakt en over het verlichte pad naar het chalet loopt.

'Dus je gaat niet met hem trouwen?' vraagt Milo met zijn hoofd een beetje schuin.

Ik trek hem met zijn gezicht tussen mijn handen naar me toe. 'Dat hangt er nog van af.'

'Waarvan?'

'Van wat je van deze kus maakt.'

Ik ben amper uitgesproken als zijn lippen de mijne raken. Milo, dat stomme jongetje dat voor straf naast me moest zitten en er ruim tien jaar voor nodig had om in te zien hoeveel geluk hij daarmee had, kuste me eindelijk. En het was definitief. Ik ging niet met Ryan trouwen.

*

Die avond moeten we allemaal de voor ons geselecteerde avondkleding aantrekken en spelen dat het al kerstavond is. Ik heb Ryan en Milo aan weerszijden naast me op de bank zitten. We bespreken de gebeurtenissen van de afgelopen dagen en daarna pakt het productieteam zijn spullen en mogen de koppels de kerstdagen in de LOVE SHACK doorbrengen.

Maar aangezien er geen kamer voor drie personen is, doen wij dat niet. Ryan boekt een hotel en besluit nog een paar dagen in Noorwegen te blijven voor hij terugvliegt om het opnieuw te proberen met zijn ex. En Milo en ik weten wonder boven wonder via de stand-bylijst tegelijk met de crew van het programma terug naar Nederland te vliegen.

'Mijn moeder heeft al een extra bord voor je klaargezet,' zegt

Milo, als hij vlak voor het opstijgen nog even zijn berichten checkt.

'O leuk, ik vind kerst altijd zo gezellig bij jullie thuis.'

'Hm... maar wil je me een plezier doen?'

'Wat dan?'

'Wil je mijn broers niet vertellen hoe ik tegen de grond gewerkt werd door die bullebak?'

Ik moet lachen. 'Denk je niet dat ze dat zelf zullen zien vanavond? Zoiets gaan ze er heus niet uitknippen.'

'Fuck. Dit gaat ons nog jaren achtervolgen.'

Ik knik. 'We zullen het verhaal op elk feestje opnieuw moeten vertellen. En elke keer als we iemand leren kennen.'

'Ooit zullen mensen die uitzending wel vergeten zijn, toch? En dan doen we gewoon heel vaag over hoe we een stel geworden zijn. Dan zeg ik: "Ik kende haar al jaren, maar ik was te dom om in te zien hoe geweldig ze is. En pas toen ik haar bijna kwijt was, redde ik haar uit een verlaten kasteel in de sneeuw."'

'Ja, dat zal vast geen verdere vragen oproepen!' antwoord ik lachend. 'Maar ik denk niet dat jij je zorgen hoeft te maken. Ik ben de bitch die uit twee knappe mannen kon kiezen. Alle vrouwen die LOVE SHACK kijken, zullen me haten.'

Op dat moment komt het vliegtuig in beweging en pas tijdens het opstijgen besef ik dat ik iets heel belangrijks over het hoofd gezien heb. 'O god!'

'Rustig maar, opstijgen is rot, maar het duurt maar even.'

'Nee, Brenda! Die schrikt zich rot vanavond. Ze denkt dat ze me een romantische kerst met Ryan gegeven heeft en ik... ik heb haar vriend ingepikt. Ze gooit de tv door het raam als ze het ziet. En daarna komt ze achter mij aan!'

'Tess...'

'We moeten naar haar toe voor we naar jouw moeder gaan. Als we het haar uitleggen, dan snapt ze het. Misschien. Of ze vermoordt ons allebei.'

'Tess, maak je geen zorgen.'

'Ze is mijn beste vriendin!'

'Dat weet ik. Van wie denk je dat ik de gegevens van het programma gekregen heb? Denk je dat ik de LOVE SHACK bij toeval gevonden heb?'

'Dus... Bren heeft je geholpen?'

'Nou ja... na wat aanmoediging...'

'Je hebt zeker gewoon haar mail gehackt?'

'Nee, dat zou ik gedaan hebben als ze me niet geholpen had. Maar je kent haar, ze houdt van drama. En ze is dol op dat programma. Dit was de beste verhaallijn ooit. Ze is alleen maar blij dat ze de eer daarvoor kan opstrijken.'

Ik kijk hem ongelovig aan. 'Ze vond het een goed idee?'

'Nou, best wel. Nadat ze me in mijn gezicht geslagen had, draaide ze enorm bij.'

'Ik geloof dit niet,' mompel ik voor me uit.

'Het is heel simpel, Tess,' zegt Milo. 'Ze gunt het ons. En weet je waarom?'

Ik schud mijn hoofd. 'Geen idee.'

'Zij formuleerde het als volgt...' Hij vlecht zijn vingers door de mijne en kijkt me doordringend aan. '"Niemand wil met kerst alleen zijn."'

Noot van de auteur

Mijn oplettende en trouwe lezers hebben misschien allang ontdekt dat er over *Love Shack* iets bijzonders te melden is. Dit verhaal is een spin-off van mijn roman *Ik wist het* en speelt zich enkele jaren voor het begin van het boek af.

Ik wist het is een verhaal dat bol staat van personages die ieder hun eigen verhaal hebben. Daarom is het boek lekker dik geworden, bijna vijfhonderd pagina's. Maar helaas moest ik soms nog steeds selectief zijn in wat ik kon vertellen over sommige personages.

Wie het boek gelezen heeft, herinnert zich misschien de scène in hoofdstuk 12 waarin Mia kennismaakt met Axels familie. Hier ontmoet ze ook Tess, de vrouw van Axels broer Milo. En Tess doet een beetje vaag over hoe Milo en zij een stel geworden zijn. Ze laat het bij de opmerking: 'We liepen elkaar steeds mis en… nou ja, het is een lang verhaal, maar uiteindelijk hielden we op elkaar mis te lopen. En sindsdien zijn we samen.'

Ik had meteen mijn ideeën over dat lange verhaal, maar het zou Mia's verhaal ophouden als ik ruimte zou maken voor een uitgebreide omzwerving door het verleden van Tess en Milo. Ik moest door, maar ik vergat niet dat Tess me iets meer te vertellen had.

Ik heb gewacht op de juiste gelegenheid om haar aan het woord te laten en deze bundel was daarvoor perfect. En nu weten we het eindelijk! Het lange verhaal van Tess en Milo: ik hoop dat jullie ervan genoten hebben. En na het lezen van *Ik wist het* zullen jullie begrijpen dat kerstavond voor dit koppel nog méér betekenis gekregen heeft.

Misschien zijn er nog twee namen die je bekend voorkomen in dit verhaal. Zeggen Martin en Ada je iets? Dan heb je vast *Zwaar verguld!* gelezen. Mocht je niet meer precies weten hoe het zat, dan vind je in hoofdstuk 21 van dat boek het antwoord.

Ik heb veel research gedaan om de scènes die zich afspelen in Canada zo getrouw mogelijk weer te geven, maar heb mezelf hierbij ook enige artistieke vrijheid gegund. Hierdoor bevat dit verhaal een anachronisme. Het café in Gastown waar Tess pauzeert, The Baker & The Chef, bestaat echt, maar pas sinds 2012 in de huidige vorm. Ook de muurschildering bestond voor die tijd niet.

Gezien de link met *Ik wist het* moet Tess vóór 2012 haar zomer met Ryan doorgebracht hebben, dus ik besloot de wetten van tijd en ruimte eens flink te tarten en heb voor mijn verhaal dit leuke café dus het verleden in getransporteerd. Wat een machtig beroep is schrijver toch!

Een kerstbelofte

It's the most wonderful time of the year. Daar was Janna het altijd hartgrondig mee eens geweest, maar de kersttijd heeft – net als al het andere – zijn glans verloren.

Vroeger raakte ze rond deze tijd vervuld van de kerstgedachte. Nu voelt ze zich net zo koud en leeg als tijdens de rest van het jaar. De kerstgedachte heeft hoop nodig om te leven. En geloof. In de kracht van de liefde. In het goede van de mens. En vertrouwen dat alles – hoe dan ook – weer goed zal komen.

Janna is dat kwijtgeraakt. Ze wenst niet eens dat ze het nog terug zal vinden. Er zou een wonder nodig zijn om haar te helen. Een wonder waarin ze niet meer gelooft.

Ze wandelt langs de schaatsbaan. Ze heeft spijt dat ze hier gekomen is, maar ze kon het niet laten.

Het is kerstavond en het krioelt er van de mensen. Kinderen schaatsen rondjes, met rode wangen van de kou. Ouders moedigen hen aan, houden hun in wanten verpakte handjes vast op het ijs. Kerstliedjes schallen uit de speakers en mensen verzamelen zich rond de vuurkorven rondom de ijsbaan. Ze slaan dekens om hun schouders en warmen zich met glühwein of warme chocolademelk. Jonge koppeltjes hebben alleen oog voor elkaar.

Janna staat te midden van dit alles. Alleen. Ze neemt het in zich op en denkt aan Aaron.

Het is tien jaar geleden dat ze hem ontmoette, hier op deze schaatsbaan, op kerstavond. Zij was negentien, hij vierentwintig. Hun blikken kruisten elkaar terwijl ze elk aan een andere kant van het ijs stonden en zochten elkaar vanaf dat moment de hele tijd.

Toen hij naar haar toe kwam om met haar te praten, was ze allang voor hem gevallen. Hij hoefde niet hard te werken om haar voor zich te winnen, maar hij deed het toch. En zo leerde Janna voor het eerst echt begrijpen wat het woord 'liefde' betekende.

Dat Aaron ouder was dan zij, betekende dat hij al een baan had terwijl zij nog student was. En het was een serieuze baan. Hij was technisch natuurkundige. Onderzoeker. Hij kon mateloos gefascineerd vertellen over formules die tot leven kwamen tijdens opdrachten waaraan hij werkte. Over moleculen, atomen en andere deeltjes.

Ze bewonderde het dat hij zo ambitieus was. Het hoorde bij hem. Aaron deed niets halfslachtig en dat gold zeker voor zijn werk. Het kwam vaak voor dat hun geplande avondjes in duigen vielen door een project waaraan hij bezig was. Ze vond het niet leuk, maar ze accepteerde het van hem. Omdat hij het zo ontzettend compenseerde op de momenten dat hij wél bij haar was.

Kerstavond was altijd van hen samen geweest. En die brachten ze hier door, op de schaatsbaan. Ze zaten samen onder een deken en praatten. Ze wachtten tot het kinderbedtijd was en de meeste gezinnen huiswaarts keerden. Pas daarna gingen zij het ijs op. Hand in hand. Glimlachend. Dat was het moment waarop ze zich het dichtst bij hem voelde.

Nu heeft Janna haar schaatsen niet bij zich, dus ze schuifelt op haar gevoerde laarsjes naar het midden van de ijsbaan. Het is nog steeds druk. De mensen zoeven aan haar voorbij. Ze ziet geen gezichten.

Dit is de plek waar hij haar vroeg of ze met hem wilde trouwen. Waar zij hem troostte toen zijn moeder ernstig ziek bleek te zijn en waar ze het moment vierden dat zij na een operatie, bestralingen en chemo de strijd gewonnen had. Het was ook hier dat ze besloten dat ze samen een kindje wilden. Janna had altijd gedacht dat ze er ooit met hun eigen gezin zouden komen. Dat ze zelf een klein jongetje of meisje met rode wangetjes van de kou zouden aanmoedigen op het ijs. Zo ver was het nooit gekomen.

Kerstavond, een jaar geleden. Hij belde, rond het tijdstip dat ze hem eigenlijk thuis verwachtte. Hij was bezig met iets ingewikkelds, waar ze maar half naar luisterde. Hij moest het afmaken, anders zouden zijn onderzoeksresultaten niet deugen en was er werk van weken tenietgedaan.

Ze probeerde het te begrijpen, zoals altijd. Maar ze was wel teleurgesteld toen hij haar vroeg om later op de avond op de schaatsbaan af te spreken. Hij zou dan rechtstreeks daarheen komen. En ze zou zich altijd blijven afvragen of ze hem had opgezadeld met een schuldgevoel. Of hij zich te veel had gehaast. Of hij daardoor misschien te hard gereden had of afgeleid was geweest, waardoor hij niet oplette toen hij onderweg was naar haar. Of dat de reden was dat hij van de weg raakte en tegen een boom reed, terwijl zij bij de ijsbaan, naast een vuurkorf, met een deken om zich heen op hem wachtte. Ze hield zich nog heel lang voor dat hij gewoon verlaat was. Dat hij zo opging in zijn werk dat hij de tijd uit het oog verloren was. Toen werd ze gebeld door het ziekenhuis en vanaf dat moment was haar niet alleen kerst, maar haar hele leven ontnomen.

Een jaar zonder Aaron, denkt Janna. Ze bevindt zich nog steeds te midden van de schaatsende mensen. Het wordt rustiger. Stiller. De kinderstemmetjes ebben weg. Janna sluit haar ogen en doet niets anders dan luisteren naar de geluiden uit haar omgeving. De kerstliedjes, het geklepper van schaatsen op het ijs, zacht gelach en gepraat. Het klinkt vertrouwd, bijna vredig. Ze zou zich wijs kunnen maken dat ze hier gewoon samen zijn, zoals het altijd geweest is. Ze voelt hem zo dicht bij zich, dat ze het bijna gelooft. Bijna. Want Janna gelooft niet meer. In niets. In niemand.

'Janna, doe je ogen open,' hoort ze, als ze niet meer weet of ze een paar minuten, of een uur lang zo heeft gestaan. Alles om haar heen lijkt te verstommen.

Ik word gek, denkt ze.

'Je wordt niet gek. Open je ogen.'

Uit de speakers schalt 'Adeste Fideles'. *O come, all ye faithfull.*

Janna lacht in stilte een vreugdeloos lachje. Niemand zal haar hier betrappen, eenzaam op een ijsbaan, pratend in zichzelf. *Je bent aan het verkeerde adres*, denkt ze, *ik geloof helemaal niets.*

'Je hebt geen keus,' wordt er geantwoord.

Ze kent die stem als geen ander. Ze durft zich niet te bewegen, ze haalt zelfs geen adem meer. Ze voelt hoe hij haar handen pakt.

'Kijk naar me, Janna.'

Ze denkt aan alle keren dat ze van hem droomde, dat hij zo dichtbij leek en ze alleen haar hand leek te hoeven uitsteken om hem aan te raken en hoe hij dan altijd verdween op het moment dat ze het probeerde. Maar nu… nu heeft hij háár vast. Ze voelt haar handen in de zijne. Is het weer een droom? Ze voelt de aanvechting om weg te rennen, maar dan zegt hij nog eens haar naam.

'Janna… ik ben het.'

Hij knijpt in haar handen en het is alsof ze wakker schrikt. Ze hapt naar adem en opent haar ogen, in de overtuiging dat ze zich alles verbeeld heeft. Maar dan ziet ze hem. Aaron.

'Je bent het echt.'

Hij knikt. Hij draagt een lange zwarte jas en haar schaatsen hangen over zijn schouder. 'Schaats je een paar rondjes met me?'

Zwijgend glijden ze over het ijs. Hand in hand. Ze glimlachen. Ze heeft hem nog niets durven vragen, zo bang is ze om iets te doen waardoor hij zal verdwijnen. Het liefst zou ze het moment bevriezen, zodat ze altijd in ditzelfde rondje zouden doorgaan. Gewichtsloos. Zorgeloos. Gelukkig. Maar hij leidt haar naar de kant en ze gaan naast elkaar zitten.

Ze bekijkt hem. Hij is precies zoals de laatste keer dat ze hem zag. Vluchtig, voor hij naar zijn werk vertrok. Een kus op haar lippen. 'Tot straks, schatje.'

'Ben ik gek aan het worden?' vraagt ze hem.

'Natuurlijk niet,' antwoordt hij. 'Dan had je je dit toch al veel eerder in kunnen beelden?'

Ze ziet dat hij toch anders is. Serener. In het bezit van een wijsheid die geen mens kan hebben.

'Ik kon niet eerder komen,' zegt hij.

'Waarom niet?'

'Daar zijn regels voor,' antwoordt hij. 'Anders zouden we nooit weggaan.'

Ze knikt alsof ze hem begrijpt, maar ze begrijpt niets.

'Ik had nog een belofte in te lossen,' gaat hij verder. 'Het spijt me dat ik die niet na heb kunnen komen.'

Tranen lopen over haar wangen. 'Het spijt míj. Ik had nooit… Als ik niet…' Ze kan niet meer uit haar woorden komen en hij neemt haar gezicht tussen zijn handen. Zijn aanraking voelt warm op haar verkleumde huid, ook al draagt hij geen handschoenen. In zijn ogen branden gouden lichten.

'Het was een ongeluk, Janna. Niemand heeft er schuld aan.'

'Je haastte je voor mij…'

'Omdat ik niet kon wachten om bij je te zijn. Ik ben degene die achter het stuur zat. Ik moest uitwijken voor een dier op de weg. Allemaal dingen die jij niet kon beheersen. Je moet het loslaten, Janna. Er is maar één ding dat telt… Dat ik gelukkig was toen het gebeurde, omdat ik onderweg was naar jou.'

'Ik kan niet accepteren dat je weg bent.'

Hij glimlacht. 'Maar ik ben hier.'

'Kun je blijven?' vraagt ze hoopvol.

Hij schudt zijn hoofd.

'Doet dat je geen verdriet?' vraagt ze als ze ziet hoe onaangedaan hij blijft.

'In het begin wel,' legt hij uit. 'Heel veel, zelfs. Maar toen zag ik nog niet wat ik nu zie.'

'Wat dan?'

'Ik weet wat er nog komen gaat voor jou. In dit leven en lang, lang erna. Ik kan niet ongelukkig zijn, want ik zie het allemaal en het is prachtig. En jij… jij moet vertrouwen, Janna.'

'Dat wil ik wel, maar ik weet niet hoe. Zonder jou…'

'Ik ben er altijd,' zegt hij. Even dwaalt zijn blik af naar een punt achter haar. Alsof hij communiceert met iets of iemand anders. Dan kijkt hij haar weer aan met zijn gouden blik. 'Altijd.'

'Wat zie je?' vraagt ze.

'Het is ongelooflijk daar, Janna. Heel mijn leven heb ik geprobeerd om orde en systemen te ontdekken in dingen die onverklaarbaar leken, en waar ik nu ben… daar klopt alles. Op een manier die ik nooit had kunnen snappen.'

'Niet alles klopt. Wij zijn niet samen,' antwoordt ze treurig.

'Ik ben nooit ver bij je vandaan.'

'Waarom voel ik me dan zo alleen?'

'Voor jou is het moeilijker,' zegt hij. 'Tijd is voor mij niet wat hij voor jou is. Daarom ben ik hier, om je te zeggen dat je weer moet gaan leven. Want achteraf zul je inzien hoe snel het allemaal gegaan is.'

'Waarom moet ik zo lang wachten?'

'Je moet niet wachten, Janna. Je moet léven.'

'Ik wil bij jou zijn.' Ze laat zich tegen hem aan vallen. Hij omarmt haar en voor het eerst sinds zijn dood voelt ze zich echt getroost. 'Ga niet weg, Aaron. Of neem mij mee. Alsjeblieft.'

'Dat kan niet.'

Ze wil huilen en schreeuwen, maar hij drukt haar tegen zich aan en een vreemde rust daalt over haar neer.

Als ze opkijkt, lijken niet alleen zijn ogen vervuld van een gouden licht, maar alles aan hem. Zijn huid, zijn haar. Hij straalt.

'Je lijkt wel een engel,' zegt ze.

Hij zegt niets. Hij lacht alleen.

Ze verzamelt moed en vraagt dan: 'Zal ik je nog terugzien?'

Hij knikt. 'Soms. Maar alleen als je het niet verwacht. En niet altijd in deze vorm. Soms ben ik een liedje dat je hoort. Een regenboog of een windvlaag in huis. Het knipperen van een licht. Een vogel op je raamkozijn. Maar je ziet me vooral hier…' Hij legt zijn hand op haar hart. 'Sluit je ogen eens.'

Ze doet wat hij vraagt.

'Zien doe je niet alleen met je ogen,' zegt hij dan.

Ze voelt hem dicht bij zich. Zijn lippen raken de hare en hij kust haar lang en teder. Het gevoel groeit in haar lichaam. Spreidt zich uit. Ze voelt zich overal gekust. Het is alsof ze samensmelten, één worden. Alsof hij in haar opgaat.

Als ze haar ogen opent, beseft ze dat dat letterlijk gebeurd is. Hij is weg. Maar toch ook niet.

Uit de speakers klinkt 'It's the Most Wonderful Time of the Year'.

Janna glimlacht. 'Ik weet al welk liedje jij bent.'